JN080885

聴いて、
マイ ラブストーリー

「聴いて、マイ ラブストーリー」発刊委員会・編

文芸社

目次

真夜中のレモネード

渡部　結

「三十になって、お互い相手がいなかったら結婚して」

そんなことを、笑い交じりに言ってみる。電話の向こうでカチッと小気味良い音がした。六畳一間の小さな部屋で、彼が百円ライターで煙草に火をつける様子を想像する。

「おう、ええで」

これまた笑い交じりに彼が言う。このやり取りも何度目だろうか。私の言葉には恋心はおろか特別な感情なんて込められていないし、彼の返答もまた、相槌のひとつに過ぎない。

「あと六年。あ、もうすぐ誕生日が来るから五年か。その間に出会って、付き合って、結婚するまでに二年は交際したいから……」

「それ、もうあんまり時間ないんちゃうん」

「うわ、ほんまや。リミットすぐ来るやん」

「いい旦那を演じる準備しとくわ」

「演じるって、新婚早々仮面夫婦やん。ああ、怖い怖い」

電話越しに二人でケタケタと笑う。頭を空っぽにしたまま話せるような、ポップコーンみたいに軽い会話が楽しい。真夜中だということも相まって、何ということのない話も可笑しく感じられる。


翔太と出会ったのは学生時代、大学に入って一年が経とうとしている頃だった。華々しく大学デビューをした子たちが「無理」をしなくなり、入学時のテンションで付き合ったカップルが順々に破局し、皆何かにつけて「十代最後だから」という言葉を掲げて騒いでいる。そんな時期だった。例に漏れず私もその一員で、友達から「紹介したい子がいる」という話をされたときは、心が浮き立ったものである。その「紹介」で出会ったのが翔太だ。結局、恋愛関係に発展することはなかったが、たまに二人で飲みに行く関係は続き、いつしか何でも気さくに話せる仲になっていた。


「仕事、最近どう」

「ん、まあまあやな。こっちにも慣れてきたし」

翔太が就職した企業は全国に支社がある。彼は最初東京で研修を受け、今は広島で暮らしている。

「可愛いカープ女子は見つかった」

「おらん。まずもって人がおらん」

広島のことは詳しく知らないが、彼が住む町は市街地から離れた少し辺鄙（へんぴ）なところらしい。そもそも住んでいる人が少ない地域のようで、誰ともすれ違わん日もあるわ、と彼は笑った。

「優は、最近どう」

急に名前を呼ばれたので、少しうろたえた。

「え、ああ、いつも通りやで。残業代はつかへんけど毎晩九時は過ぎるし、来週も」

「そっちじゃなくて」

呆れたように、でもはっきりとした口調で言葉を遮られた。一瞬の沈黙。電話の向こうで、ふうっと煙草の煙を吐く音がする。

「……現状維持」

手短に答えると、翔太はいつもの調子でハハッと笑った。

「それは、望ましくない状態ってことですね」

「そうですねえ」

おどけて答えたものの、心の中にはもやもやしたものが広がってきた。

四つ年上の人と知り合い、関係をもったのが半年前。最後に会ったのは二ヵ月前で、その後は音信不通。もう駄目なのだろうなと頭では判っているが、「終わり」を受け入れられるかと言われれば、そうではなかった。付き合おうという言葉もあったし、仕事が忙しくて連絡ができないという話も聞いていた。

「ひとつ、確認するけど。今の状態を、優は我慢できるんか」

我慢できないに決まっている。我慢できるなら、もやもやなんてしない。

「今みたいに、何もわからないまま放置されるのはキツイ。相手の状況がわかれば、まだ大丈夫やけど」

おいおい、まだ強がるのか。と、自分に呆れる。

「そっか。まあ、俺は相手のことを何一つ知らんから、なんとも言えへんしな」

翔太もきっと呆れている。でも彼はいつも、私の考えを否定するようなことはしない。

「もうちょいだけ、待ってみようかなあって。待つって言うても、なんていうか、重く考えずに軽い気持ちで。やから大丈夫」

嘘ばっかり。待っても意味がないって、判っているくせに。携帯を当てている右側の耳が熱い。バッテリーが熱を帯びてきている。電話をし始めたのは何時だっただろうか。明日も仕事だし、そろそろ切らないと。「そっか。まあ、無理すんなよ」翔太がそう言うだろうなと思いながら、携帯を持ち替え反対の耳に当てた。

「じゃあ」

カチッ。翔太が新しい煙草に火をつける音がした。

「なんで俺に電話したん」

その口調はとても優しかった。彼にしては珍しく責めるような言いまわしだが、そこに鋭さは全くなかった。むしろ、すべてを包み込んでくれるような温かさがあった。

「優は傍(はた)から見たら強そうやけれど、そうでもないやん。ほんまは、誰かに甘えたい時もあるし、背中を押してほしい時もあるのに、なかなかでけへん。そんで、なぜか俺に電話してくる」

翔太は察しがいい。洞察力も鋭い。だから、私のこともよく分かってくれているのだろうなとは思っていた。けれど、こんな風にはっきりと言われたのは初めてだ。

「……よく、お分かりで」

小さな声で答えると、翔太はまた、いつもの調子でハハッと笑った。なんだか気恥ずかしい。

「あと、思うんやけどさ」

ふうっと、長めに息を吐く音がする。彼の吸っていた煙草の銘柄は何だったかな、と、どうでもいいことに考えを巡らせる。

「そいつといるより俺といるほうが、優は幸せになれる」

瞬間、息が止まった。寒い夜に温かいレモネードの一口目を飲み込んだときのような、心臓を手で絞られているような、きゅうっとした感覚。全身の血管が広がっていく。次第に鼓動が早くなる。

ふうっと、電話の向こうで煙を吐く音。心なしか、震えているような気がする。

「あ、うん、それはそうやと思うわ！」

咄嗟に冗談めかしてそう答えたが、鼓動は鳴り止まない。こんな感覚はいつぶりだろう。

「せやろ！……って、何言ってるんや俺、なんか恥ずかし！」

「ほんまやで！　びっくりしたわあ」

めっちゃイケメン発言やろ。少女漫画みたいやなあ。と茶化し合って、また二人でケタケタと笑った。しきりに煙草を吸う音がする。彼の煙草の本数が増えていくのが、何だか嬉しかった。

「次、年末にそっちに帰るから、飲みに行こうや」

鼓動は落ち着いてきたが、頬はまだ熱い。この熱は、恋愛のそれかと言われれば、そこには至っていない気もするし、一時のときめきによるものかと言われれば、それだけではないような気もする。どちらにせよ、嫌な気はしない。

「うん、行こ。楽しみにしてる」

翔太の言葉の真意も、さっきの鼓動の正体も、今はまだ分からない。ただ、翔太に早く会いたい。単純にそう思う。

私は手帳の十二月のページを開き、レモン色のペンで大きな丸をつけた。

アゲハ蝶

misato

モンシロチョウを目で追う癖がついている。大好きな祖母が亡くなってからというもの、モンシロチョウを見かけるたびに、おばあちゃんが来てくれたんだね、と母は言う。母一人子一人で育った母は祖母との絆が強く、だから亡くなってからもなお会いに来てくれるのはありえそうなことで、私も自然と受け入れていた。

私は中井さんと清原さんの間で揺れていた。40歳を越えて独身の私は母の懇願に負けて結婚相談所に入った。2人はそこで出会った男性だ。

中井さんとの出会いは相談所主催のパーティーだった。整ったルックスで柔らかい物腰、一対一で向き合って話す3分間の会話は何を話したのか覚えていないほどすぐに終わってしまったが好印象だけは残っていた。その後グループに分かれてテーブルに着き、食事をしながら会話をする時間となったが、テーブルが離れてしまい、そのままパーティーはお開きとなった。こんなものか、と会場を出た時、中井さんが私を待ってくれていた。

「もう少しお話をしたくて待っていました。一緒に帰りませんか？」

その日から私達はデートを重ねることになった。

清原さんには結婚サイトでプロフィールを見て私から会いたいですと申し込んでいた。しばらく返答がなかったのですっかり諦めていたところに返事が来た。

「今出張中でしばらく日本に戻れません。おそらく1ヵ月後くらいには帰国できますので、その頃お会いできますか？」

こうして中井さんとデートを数回した頃、清原さんとも会い始めた。

断っておくが、結婚相談所のルールとして付き合う前に何人と会っていても問題はない。真剣交際とお互いが認めてからはNGだが、その前は少しでも多くの気になる異性と会って比較して当然なのだ。だから私は同時並行で2人と会い続けた。もちろんどちらも私の年齢は知っている。子供が欲しいことも、でも年齢的に難しいかもしれないことも話した。それでも2人とも構わないと言ってくれた。これは奇跡だ。私はどちらかと結婚すると心に決めた。2人の間で揺れに揺れてぐらぐらで、日替わりで一番好きな人が入れ替わった。どちらかに決めたら、心配している母にまず報告するつもりだった。本当は状況を聞きたくて聞きたくてうずうずしていることはわかっていたし、婚活がうまくいかないことで関係がギクシャクしていた母に早く報告して、以前みたいにわだかまりなく喜び合いたかった。

　それは普通の金曜日だった。少し風邪気味ではあったが昨日の祝日は1日ゆっくりしたし、いつもと変わらぬ1日になるはずだった。その日の朝、母が倒れた。もう二度と話をすることはできなかった。何度思い出しても悔やまれる。母が生きた最後の1日に、私は実家に行こうか悩んでいた。交際の状況を報告に行こうか、でものどが痛いし、面倒になって結局やめた。

　母を失った私はどう考えても無理をしていたが、ここで婚活の手を止めることを母が望むはずもないとわかっていたので、より決着を焦った。何をしても母を思い出し、泣いてばかりの平日を過ごし、週末にはどちらかと過ごした。中井さんは悲しむ私を気遣いながら優しく接してくれた。清原さんの対応は全然違った。まるで何もなかったかのように普通にデートをした。母の話題は私が出さない限り一切触れてこなかった。この違いは母が与えてくれたチャンスと考えて、どちらの方がしっくりくるかで選ぶことにした。そして私は中井さんを選んだ。清原さんからは心配の気持ちが感じられず、実は冷たい人なんじゃないかと思えたのだ。

　考えてみるとどちらと過ごしても楽しかったが、2人は真逆だった。中井さんはイケメンでおしゃれだけどたまにひねくれた性格が顔を出す。私が大好きな旅行にあまり興味がないことが気になっていた。清原さんは年相応のおじさんでおしゃれにも無頓着だが笑顔が可愛く、海外を飛び回る仕事をしているだけあって、私にとってとてもハードルの高い海外旅行をなんてことない日常のようにやってのける逞しさが魅力的だった。

清原さんには別の男性と真剣交際をするからもう会えません、とはっきり伝えた。元々感情をオーバーに表現しない清原さんだが、その時は固まって目に涙を浮かべていた。もう耐えられないからお店を出てもいいですかと言う清原さんに続いてお店を後にし、駅でお別れの握手をして帰った。

帰りの電車では本当にこれでよかったのかと自問自答を続けていた。これでスッキリするはずだったのに、自分がひどく傷ついているのがわかっていた。だから動揺した。一晩眠って落ち着いたらスッキリすると思ったが全然眠れず、むしろ翌朝は悲鳴に近い感情で清原さんに連絡していた。失敗した。大失敗した。私はなんてことをしてしまったんだ。清原さんだった。私が求めていたのは清原さんだったんだ。理屈じゃなくて心が正解を叫んでいた。翌朝謝りの長文ＬＩＮＥを清原さんに送った。私が間違っていたこと、清原さんはわざと母のことを思い出さないように話題を変えてくれていたのにその優しさに気づけなかったこと、今度こそ清原さんだけを選ぶから私と交際して欲しいことを興奮気味に書いて送った。だけど全然既読にはならなかった。私はおかしくなりそうでその日は仕事にならなかった。このまま連絡がとれなくなったらどうしよう。もう私はブロックされてしまったのかもしれない。もう二度と私の思いは届かないのかもしれない。そう思うといてもたってもいられず、神様に祈った。神様、どうか清原さんと連絡を取らせてください。もしまた連絡が取れたなら、もう絶対に迷いません。清原さんだけを愛して、大切にします。だからどうかどうか、もう一度チャンスをください！　1日中携帯を手放せなくなっていた私は半泣きになりながらそう願っていた。そして翌日、ついに既読がついた。そしてその数分後、「長っ！」とのんきな返事が返ってきた。私は死ぬほど安心した。こうして私は現在清原の姓を名乗っている。とても仲良しで我ながらお似合いの夫婦だと思う。

母の新盆は実家に家族が集まって迎え火を焚いた。故人が迷わずお家に戻れるように迎え火を焚くというが、母はわかりやすく戻ってきた。実家の玄関とお庭の間をアゲハ蝶がずーっと飛んでいたのだ。時に葉に止まり、またゆっくりと飛ぶ。祖母のモンシロチョウと違ってアゲハ蝶を選ぶあたりが正に目立ちたがり屋の母らしく、とてもしっくりくる。

先日、夫の実家に結婚の挨拶に行った。夫は名古屋の出身で私達は東京に住んでいるため、なかなか挨拶もできないままでいた。新幹線の中、隣で寝息を立てている夫を恨めしく思いながら、私は緊張で何回かトイレにかけこんだりしていたが、ついに夫の実家の前にたどり着いた。

「ここだよ。入るね」

夫の言葉に意を決してドアに近づいた時、突然アゲハ蝶がヒラヒラと舞った。

「お母さんだ！」咄嗟に思った。アゲハ蝶が飛ぶような季節でもないのに、母は背中を押しに来てくれた。

「大丈夫だよ」「頑張れ」私はにっこり笑って夫の実家のドアをくぐった。

チョコごころ

真白　葵衣

　夜道を歩くめかしこんだ男女二人の後ろ姿。二人の間は手を繋げるほど近い。
和美「あの、結婚してもらえませんか？」
　中村和美（24）が立ち止まり、水原文雄（25）に言う。和美の手には手作りのチョコが入った袋が握られている。
M文雄「五十年前の二月十四日、僕は人生最大の失敗を犯した」

　チンチン電車が走る道路では、車が行き交っている。
N「戦後の混乱期を抜け、高度経済成長期真っただ中だった。とは言え、政治や経済の目まぐるしい変化に追いついていくことは難しく、国民の中でもとりわけ、文化的な価値観はまだ一昔前の時代に取り残されている人がほとんどの状況だった」

作業着姿の文雄、実家の扉を開けながら、

文雄「ただいま」

母・水原由紀（48）、奥から大きな声で、

由紀「ご飯の準備もうできるから座ってて」

M文雄「二十五歳になってもなお、母と実家で暮らしている」

ご飯が並べられたちゃぶ台に腰掛ける。

文雄「いただきます」

由紀、味噌汁を二つ持ってきてちゃぶ台に腰掛ける。

由紀「さてと、お母さんもいただきます」

由紀、いきなり満面の笑みになり、

由紀「あっ！　そういえば、文雄にお会いしたいっていう女性の方がいるって！」

文雄「あ、本当に。よかった」

由紀「文雄はいつもそうやって仏頂面だからダメなのよ。わかってると思うけど、もうこれが最後のチャンスかもしれないのよ？」

N「とりわけ結婚に関してはお互いの条件に見合った相手が求められており、まだ恋愛結婚は好ましいと考えられていなかった。二十五歳までにお見合い結婚するというのが当

たり前の時代だったにもかかわらず、今年二十五歳を迎える文雄はなお恋愛経験がゼロに等しかった。父が戦死してしまったために母子家庭であることや、用意できた写真は十八歳の坊主頭の時のものであったからか、これまで顔合わせに至ったのは、たった四人。写真も簡単に再撮影できる時代ではなく、学校にも職場にも男しかいなかったために、女性と触れ合うことはほとんどない。やっとのことでお見合いした相手にも奥手全開。並んで歩く時も相手との距離を一メートルは保ち続け、『私、臭い？』と誤解されたこともあった」

正装で手土産を片手に家を出る文雄。玄関で見送る由紀。由紀、文雄の肩を強く叩き、

由紀「行ってらっしゃい。気をつけて。あっ、裾が折れてるわよ。本当こういうところが。身だしなみちゃんとしてね。食事の作法も教えたでしょ」

文雄「もう、わかったよ。行ってきます」

文雄、待ち合わせの老舗洋食店に到着し、時計を見る。11時30分を指している。

文雄「30分も早く着いてしまった……」

店内に入り、個室に案内されるや否や、駆け足で向かったのはお手洗い。

文雄「はあ、痛い」

M文雄「完全にお腹を下していた」

時計は11時50分を指している。文雄、苦しい表情でトイレットペーパーに手を伸ばすと、突如外からドアを強く叩く音がした。文雄、飛び上がって驚く。

文雄「うわあ！」

和美「あの！　ずっと待ってるんですけど！」

男女兼用のお手洗いマークが貼られたドアの前に立つ和美の後ろ姿。

文雄「ああ、すみません」

文雄、パンツを上げ、お腹を押さえながらドアを開ける。目の前には少し怒った様子で正装の長い髪を下ろした和美が立っている。

文雄「ああ、すみません」

和美は文雄を押しのけ、お手洗いに入る。

文雄「何だよ、もう」

M文雄「これが妻との最初の出会いだった」

文雄、急いで個室に戻るもまだ相手は来ていない。結局20分も待たされたところで、個室のドアが開く。

和美「遅れてすみません～」

和美、文雄に向かっておじぎをする。

和美「初めまして。和美です」

文雄、顔を上げた和美を凝視する。
文雄「あの、もしかして、さっきの？」
和美「あっ！　さっきは失礼しました。髪をまとめなきゃと思って……焦ってしまって」
文雄「いえいえ、こちらこそです」
文雄と和美、楽しく話し始める。
M文雄「和美の振る舞いは女性として完璧そのものだった。しかし、僕はむしろ、出会った時のような素顔を知りたいと、強く思うようになっていた」
文雄と和美、笑いながら、
文雄「そろそろデザートでも頼みますか？」
和美「そうですね～エクレアお勧めですよ」
文雄「へ～ここのエクレア有名なんですか？」
和美「いや、そうじゃなくて。さっき少し大変そうだったから……便秘の人にはエクレアが良いって聞いたことがあって……」
文雄「便秘じゃないんですけど……その逆なんですけど……じゃあエクレアにしようかな」
和美「ハハハ、じゃあ私も」
M文雄「こんなくだらない話ばかりで笑い合っていたら、あっという間に時は経ち、徐々に和美が隣にいることが自然になった。プロポーズの準備も始めることにした。しかし、あのバレンタインデーがやってきてしまう」

M文雄「二月十四日、僕たちは晩御飯を終え、散歩をしていた」

和美、いきなり立ち止まり、

和美「あの、結婚してもらえませんか？」

文雄「えっ、あの……」

和美「返事はすぐじゃなくても構わないので。これ良かったら、作ったので」

M文雄「中には手作りのチョコが入っていて、これが初めて食べた和美の手料理だった」

文雄「は、はいい！」

和美はぎこちない笑顔で頷いた。

M文雄「女性からのプロポーズなんてありえなかった時代に、待たせた自分を心底恥じた。その一週間後、僕から改めて指輪を渡してプロポーズし、僕たちは結婚した。それから毎年バレンタインデーには、僕にチョコをくれる。しかも意味ありげに……。浮気を疑われた時にはカカオ100％のチョコ。真っ黒だった。そのお返しにホワイトチョコをあげたりもしたのだが。仕事が忙しくてどこにも旅行できなかった時はベルギーチョコ、五年前に結石になったときはストーンチョコをくれた。気がつけば、初めて和美からチョコをもらってから五十年が経っていた」

和美がキッチンにいる。腰の曲がった文雄がその後ろ姿を居間から見ている。
和美「できた」
和美はジューサーから茶色い飲み物をコップに注ぎ、ストローと一緒に、持ってくる。
和美「はい、今年のバレンタイン」
文雄、聞き取りづらい声で言う。
文雄「なんだこれは」
和美「チョコレートジュースよ。お父さん、歯ほとんど無くなっちゃったから」
文雄「ああ、そうかあ、今年もありがとう」
和美、文雄の口元にストローを添え、飲ませてあげる。昔と変わらない笑顔で微笑む。
M文雄「バレンタインデーは僕が絶対に忘れてはいけない、人生で一番後悔した日であり、最も大切な記念日だ」

手紙

田中　一夫

もう三十年以上も前の話だ、私は手紙を拾ったことがある。拾ったという表現は、正しくないのかもしれない。その手紙は、ある郵便局の前に設置されているポストの下に落ちていた。

普通に考えれば、誰かが投函するときに誤って落としてしまったか、郵便配達員が集荷の時に取りこぼしてしまったのか、そのどちらかと考えるのが妥当だろうという状況だった。

当時、私は小学三年生だった。その手紙を拾うと、ポストに再投函してあげようか、それとも郵便局の職員に相談でもしようかと考えた挙句、あろうことかその手紙を咄嗟にポケットの中に仕舞って家に持ち帰ってしまった。

今考え直しても、その時の私は何を考えていたんだろうと自分が怖くなる。その手紙を手にした瞬間、誰かに泥棒と勘違いされるのが恐ろしかったからかもしれないが、非日常的な出来事に頭の中で、私ではない何かが『誰かの秘密を覗いてやれ』と囁いたからなのかもしれない。

家には誰もいなかった。私は直ぐに自分の部屋に入ると、鍵をかけて持ってきてしまった手紙をポッケから取り出した。

手紙はＢ６くらいの大きさだった。宛先の住所は確か他県だったと思う。そして女性の名前が書かれていた。送り主の住所は近所で名前は男性だった。その字は奇麗な手書きで、とても丁寧に書かれていた。封筒は慌ててポッケに入れたせいで、少し折れてしまっていた。その僅かな不完全さを確認したのをきっかけに、私は封筒を開けてしまった。そっと封を開けたつもりだったが、それはもう元には戻せない傷ましい袋になっていた。

封筒の中には四五枚の手紙が四つ折りで入っていた。やはり奇麗で丁寧で、そして何より誠実そうな文字だった。

普通ではなくなってしまっていた私は、恐る恐る、そして高揚しながらその手紙を読んだ。それは、ある町からこの町に引っ越して来た男性が、以前住んでいた町に住む女性に宛てた恋文だった。

故郷で過ごした楽しい思い出を懐かしみ、今も気持ちが変わっていない男性の淡い気持ちが綴られていた。何かしらの理由でこの町に引っ越しせざるを得なかったのだろうか、この町で必死に馴染もうとしていることが続けて書かれていた。そして、この町によかったら遊びに来てみないか？　と、控えめながら宛先の彼女に会いたい思いがひしひしと伝わるような誘いの内容だった。最後に、彼女の健康と幸せを願う言葉で締めくくられていた。

私は、やってしまったと思った。直ぐに手紙をたたんで封筒に戻したが、誰かが開けたことを隠せるような状態ではなかった。新しい封筒を用意し、手紙を差し替えて送りなおそうかとも考えたが、差し替えがばれた時のことを考えると、恐ろしさでその考えを拒絶せざるを得なかった。

今にして思えば、それでも手紙を彼女のもとへ送るべきだったと後悔している。ただ、幼い私にはそれができなかった。その日、恋文が入ったその封筒は誰にも知られないように、自分の机の一番奥に隠すことにした。

次の日の朝、手紙のことを思い出すとめまいがするほど気が重かった。手紙を持ち帰ったことが夢であったならどれだけいいか、後悔の思いと自分の犯した罪が誰かにばれやしないか、ただただそれが恐ろしかった。

学校から帰った私は、もう一度手紙を読み返した。当たり前だがその恋文の内容は昨日と同じものだった。

いっそ開封された状態で、『これ落ちていました』と怪しまれようとも郵便局へ届けに行けば良かったのかもしれない。それができないようなら、せめて誰もいない夜に家を抜け出して、郵便局の入口の前に置いて帰れば良かったかもしれない。そうすれば、ひょっとしたらあの手紙は思い人のもとへ、その思いを伝えることができたかもしれない。

冷静でいられない頭で出した結論は、手紙をゴミ箱の奥底へ捨てることだった。

手紙を処分してから私の気持ちは少しだけ軽くなったが、それはその日一日だけだった。次の日になると、私は若い男性を町で見かけるたびに、この人が送り主なのではないか?、彼女からの返事を今日か今日かと待ちわびているのではないのか?、と想像するようになった。

そんな日が繰り返されるうち、次第に罪悪感は薄らいでいった。見つかるはずのない送り主探しで気をもむこともほとんどなくなってしまった。

しかし更に日がたつにつれ、幼い私が少女から乙女になり、人を恋する気持ちが理解できるようになると、小学三年生では感じられなかった切なさが、ひしひし歳を重ねるごとに痛みを増していくのだった。

私が高校生になると、次第にその送り主だった彼氏に思いを寄せるようになっていた。私の感覚は、やはり何処か尋常ではない処があるらしい。

手紙の内容は鮮明に覚えているが、残念なのか幸いなのか、封筒に書かれていた差し出し人の名前と住所は思い出せない。探し出しようのない彼氏に私は恋をしてしまっていた。

離れ離れになっても淡い恋心を持ち続け、彼女を思い焦がれながらも結局彼女のことを一番に考えている彼氏。そんな彼のことを考えると、愛おしさを感じずにはいられなかった。それさえも、ひょっとすると私への何かしらからの罰だったのかもしれない。歳を経た私が今願うのは、彼がもう一度手紙を書きなおし、彼女と幸せに結ばれていることだ。もちろんそれを確かめる手段は微塵もない。ただ、身勝手ながら私はそれを心の底から祈っている。

私の犯した罪は窃盗罪に当たるのだろうか、それとも信書隠匿罪になるのだろうか、もう何十年も前の話だから法律的には時効を迎えているのかもしれないが、人として犯してはならないことをしでかしたことに変わりはない。

昔と同じ、独りよがりな理屈で自分の愚行を恥じながら、決してかなわぬ彼への恋心と、傷心と後悔とわずかな希望の念が、死ぬまで続く私への罰だと覚悟している。

モドキのススメ

松岡　智子

　終業後の予定もないのに、やたらと時計を確かめてしまう。昼休みを過ぎてからひどくなり、回数が増えた分だけ針の進みは遅く、ため息も増える一方だ。行く当てのない金曜日の夜は、何度経験しても物足りない気持ちにさせられる。

　こんな日に限って、おつかいを頼まれることもなく、電話も鳴らない。二つも三つも余計な話をくっつけてくる総務課の長話に、今なら快く付き合えるというのに。抱えていた仕事は粗方（あらかた）片付けてしまって、仕方なく来週の仕込みに手を付けたものの、前倒しにも限度がある。膨らみきった胃の中で、パスタランチが眠気を誘った。

　両隣はしばらく離席する気配もなく、堂々と暇つぶしを展開することは難しい。社内チャットで簡単なやりとりができれば気晴らしになるのだが、あいにく、いつもの相手は有給をとっている。

仕方なく、履歴を眺めることにした。資料の確認を装うため、画面の半分にグラフデータを開くことも忘れない。頬が緩むことを予測して、マグカップを口元へ寄せた。

――フォーマットさんきゅー。
――今日定時で上がれそうなんだけど、肉行かん？
――TEL折り返し完了です。連絡ありがとうー。

SNSのやりとりよりも、社内チャットの方が好きだ。敬語とそうでないものが混在し、業務とプライベートの隙間を縫った会話であることを感じられると、特別感が増して良い。いけないとは思いながら、つい上司への返信よりも先に打ってしまうことも多かった。とてもくだらない、誰も知りたがらない、私にしか知らされていないであろう情報が、数日おきに刻まれている。あちらは今頃、ソファに転がって二本目の映画を観ているだろう。どこに行くでもなく怠惰な休日を満喫するのだと張り切る様子が、一週間前の履歴に残っていた。
知ることは、中毒性の高い快楽だ。社外秘扱いのメッセージは、たびたび私を浮き足立たせた。

同期入社という、比較的近い立ち位置からのスタートだった。事務と営業で部門違いとはいえ、ワンフロアに収まる会社規模のおかげで、適度な交流は常にある。休憩室で顔を合わせれば雑談を交わし、その延長で飲みに出るようになるまでもさほど時間はかからなかった。打ち解けてしまえば、あっという間に落ちた。

きっかけはおそろしく簡単なこと。彼が出社してきた朝、ドアの閉まる音が聞こえなかったのだ。失礼かとは思いながらもよくよく気にかけてみると、冷蔵庫もキャビネットも、彼が閉めるときには一切音が立たない。最初は丁寧な所作だとしか思わなかったのに、いつの間にか自分が丁寧に扱われる場面まで想像していることに気付き、恐怖に震えた。

アラサー。おひとり様。欲しくもない看板ばかり背負わされるうちに、そんな見方しかできなくなったのかと嘆いてもみたが、一度思い込んでしまった心は歯止めが利かない。妄想にとりつかれないよう、日中は自制心をフル稼働させる。欲求不満が顔に出るようになったら終わりだと、強く強く戒めた。雰囲気の良い店に行くことがあっても、過剰な期待をせずスマートに解散できることが、この関係性での美徳だと言い聞かせた。

たとえばこれが学生なら、【授業中もついつい彼のことを考えてしまう可愛い女子】で済まされたかもしれない。キスにもセックスにも、いくらでも夢を見ることが許される。けれど残念ながら、現実の私は十分すぎるほどに社会人で、自分を「女の子」と表現するのは憚られるようになってしまった。いくら風呂敷を広げても、きらびやかな希望を纏えるわけではない。大丈夫。理性はきちんと仕事をしている。

しかしそれでもあらがえない程、恋の蜜は甘い。たとえば最近は、メッセージの深読みをするのがマイブームだ。行間を読み、語尾を解き、ほかの人間と比べて自分がどれだけ親しいポジションにいるのかを探る。もしかしたら本命になれるかもしれない。運が向けば、結婚相手の候補に挙がるかもしれない。それらの妄想を備えた平日の、なんと愉快なことか。こんなにも自由を謳歌できる感情を、私はほかに知らなかった。白紙の画用紙にクレヨンを滑らせる、あのわくわくした感覚を思い出している。

決して相手にぶつけてはならない。そのルールさえ守っていれば、どんな場面を描いても良い。チャット画面におけるスクロールバーの短さが、材料の豊富さを物語っていた。この好環境において、恋を止められる女などきっといない。自分を瞬時にヒロイン仕様に仕上げるスキルは、ここ最近で急上昇していた。

そうしてドラマティックな妄想が盛り上がる終盤、必ず同じ疑問に背中を刺される。

これは本当に恋なのか。

もちろん彼のことを好ましく思っているし、だからこそプライベートでも食事に行く。一方で、大いなるご都合主義のシナリオを理想で塗り尽くし、好き勝手に作り上げた妄想の中の彼が、本来の彼と同一人物と言えるのかは疑問だ。これは、良いところしか見ていない、などという表現で収まる範囲の加工なのか。

話したいとは思うが、会いたいと焦がれたこともないのだ。それはもちろん、同じ会社に勤めている以上、考えるまでもなく顔を合わせているからこそではあるのだが。彼のことを考えると夜も眠れない、なんて可愛らしい症状は出ていない。連絡を待って、いつまでもスマホを手放せないなどということもない。

恋ってなんだ。そんなことを考えると頭痛がするようになった。以前の恋人と別れてもう二年、新しい恋の始め方も、そもそも始めたいと願っているのかの見極めもできなくなってしまった。動くよりも先に諦めという単語がちらつくようになったのは、いつからだったか。早く結婚したいと口にするたび、別にそこまでしたいとは思っていない自分と鏡合わせにさせられる。

再びため息。

と同時に、デスク脇に寄せていたスマホが光り、メッセージアプリの受信を知らされた。こうして業務中にも確認してしまうから、ブック型のカバーは買う気にならない。

――定時上がりなら飯行かない？

こんなにもタイムリーな出来事があるのか。一種の感動を覚えながら、返信は簡潔に、食事に行きたい気持ちだけは正確に。

間違いなく会いたい。伝えたいことも聞きたいことも特に思いつかないけれど、漠然と、ただ会いたい。昨日も会っているし、来週の月曜日にはまた顔を合わせるのだけれど、でも、今夜会えるのならぜひ会いたい。

これは恋だなと、突然腑に落ちた。これが恋じゃなくて、なんだというのだ。

もういい。認める。私は恋をしている。恋に及ばないなら、恋モドキと言い換える。きっかけが何であれ、妄想がどんなにひどいものであれ、今この瞬間、誘いに喜ぶ自分の気持ちは本物だ。

隣の席のあの子よりは仲が良い。すれ違いざまに声をかけられる回数が増えた。二人きりで話すときは相手の声のトーンが下がる。可能性と呼べるものかも怪しい程度の些細なやりとりに希望を見出し、わずかでも勝率を上げようと苦戦しているただの女だ。

もう一度、深く息を吐く。今度はため息ではない。覚悟を決めて、背筋をほんの少し伸ばす。

今日のメイクポーチに一軍アイテムを入れてきたかどうかを思い出しながら、待ち合わせ場所の連絡を待った。

かさ恋

美山　はる

俺は、傘だ。

この里山家にやって来て、もう二十年になる。傘にしちゃぁ長生きだって？　そりゃぁそうさ。俺は里山家の家宝なのだから。今から二十年前、社会に出たてほやほやの俺は、初仕事でいきなりの大役を成し遂げた。今でも覚えている。突然の大雨に立ち尽くす一人の女。隣にそっと男は寄り添い、黙って傘を差し出した。それが俺だった。芽生える恋の炎。俺の下で愛が育まれ、そうして二人は結ばれた。いわば俺は、この里山家の恋のキューピッド。それはそれは大切に扱われてきたわけなのさ。

さて、この里山家には健太という高校生の息子がいる。こいつが俺の、今の持ち主だ。

「降水確率、午前中0パーセント。だけど、夕方にはにわか雨……チ、チャンスだ！」

両手でぎゅうっと子どものように、俺の柄を握る健太。

「頼むよ、神様仏様、お傘様。今日こそ京子ちゃんに、こ、ここ告白するって決めたんだから」

顔くっつけんな。近い近い。健気だねえ。両親のジンクスを信じているんだな。健太は小さい時から、気の弱い奴だ。仕方ねえ。大切にしてもらった恩もある。俺に任せときな、健太。キューピッドの本領発揮さ。必ず二人を、ラブラブ相合い傘で帰らせてやるよ。

どうやら授業が終わったようだ。放課後のチャイムが学校中に鳴り響く。その音を皮切りに、ぽつり、ぽつりと糸が垂れ始めた。それはみるみる内に、歯止めを失った滑車のように学校全体を覆い尽くす。

「うわ、凄い雨!」

「最悪。傘持ってきてないよ」

鞄を頭に乗せて、泣き出しそうな顔で走って行く生徒達。そんな中、健太は一人、玄関先で待っていた。目をあっちにこっちにせわしなく動かしながら、直立のくせに貧乏揺すりまでしている。まったく、落ち着きがない奴め。健太の振動が俺にまで伝わってきて、ちとばかし酔いそうだ。想い人はまだ来ないらしい。

「ああ、せっかく降ったんだ。止まないでくれよお」

懇願するように、健太は俺の柄にきつく、強く力を込める。いてててて。ちょっと待て。折れる、折れる。

「あれ、里山くん？」

背後から、女子の声がした。健太の体がピクリと跳ねる。

「あ！　き、京子ちゃん！」

なるほど。こいつが京子ちゃんって子か。くりっとした目と同じくらいくるっとした髪の毛が、雨の湿気で大きく膨らんでいる。

「凄い雨だねえ、今日」

「え、は、うん！」

壊れたオモチャみたいな反応。駄目だ、もっとしっかりしろよ、健太。

「これじゃあ帰り、濡れちゃうかもしれないね。風邪引かないよう、気を付けて」

おいおい、京子ちゃん、行っちまうぞ。いいのか、健太。呼び止めなくて。

「あ！　あの、待って」

お、いいぞ。

「なあに？」

「あの、僕、傘あるんだ。だから、その、良ければ一緒に入って帰らない？」

よく言った、健太！

だが一秒、二秒、五秒、十秒経っても返事が無い。雨の音だけがざあざあ響いて、耳がおかしくなりそうだ。

「ごめん」

音が、消えた気がした。健太の手の温もりが消える。次の瞬間、俺は地面に突っ伏していた。カシャンと音を響かせて、床に落とされたのだ。

「あ、あの、僕の方こそごめん。急に誘っちゃって、ほんと、あの、迷惑だったよね」

おいおい、泣くなよ。もうちょっと頑張れ。くそ、俺まで泣きそうだ。大丈夫、健太。お前はいい男だよ。きっと次の出会いが……

「実は私、置き傘があるの」

……は？

後ろ手に握られているのは、白いパールが散りばめられた、水色のアンブレラ。なんだ？　こんなに綺麗な傘には初めて出会った。くびれのある柄のラインに、滑らかなボディ。光り輝くパールのアクセント。

あまりの美しさに、俺は、俺は……

「私、雨が好き。この傘で歩けるんだもん。とってもお気に入りの傘なの。だから嬉しくて。ねえ、ちょっとだけ遠回りして帰らない？」

「も、もちろん！　僕で良ければ、どこへだって付き合うよ！」

健太は俺を拾い上げた。そして胸元に抱きしめた。健太は京子ちゃんを見て、顔を赤らめている。もっとしっかりしろよ。男だろう？　まったく。

「ふふ」

京子ちゃんが健太と、そして俺を見比べて笑っている。何だ、いったい何がおかしい？

「健太くんとその傘、なんだか似てるね」

「え？　僕と、傘が？」

「うん。だって二人とも、真っ赤だもん。素敵だね、その赤い傘」

一瞬慌てて、自らの顔を隠した健太だが、困ったようにくしゃりと笑って、その指でそっと、俺の体を撫でた。

「大切な傘なんだ。自慢の傘だよ」

健太。まだ雨に濡れてねえっていうのに、思わず雫がこぼれちまいそうだ。

「じゃあ帰ろう、京子ちゃん」

灰色の空の下、鮮やかに咲いた赤と水色のアンブレラ。なるほど。何かが始まる時は、どうしたって始まるのだ。たとえ傘が一本だろうが、二本だろうが。

傘が二本。これはこれで、乙なもんだ。

ぼくのじいちゃん

きむら　まい

「じいちゃん、字幕ええの？」

僕が話しかけると、八十歳の祖父は照れ臭そうに人差し指を口に当てて僕にこっそり囁く。

「ばあちゃんには、黙っとけよ」

僕はリモコンを渡そうとする僕に、祖父は首を横に振り、祖母と肩を並べてじっとテレビ画面を見つめている。

「音上げたろか？」

「ええねん、今日は」

祖母の作ったおせちをつつきながら、正月の漫才番組を三人で朝からぼんやりと眺めている。

　七十八歳の祖母はお笑いが好きで、最近流行りの若手芸人の名前なんかは僕よりもずっと知っているようだ。クスクス笑う祖母の肩が震えると続いて祖父の肩も共鳴する。漫才番組が終わり、ニュースが始まると祖母がいそいそと立ち上がり、

「しゅうちゃん、お雑煮食べるか？」

「うん、餅三つ入れてな」

「食べすぎやて。太るで」

「正月しか食べへんし、ええの。餅なら不思議となんぼでも食えるんやわ」

「ほどほどにしとき。おじいさんはお雑煮食べますか？」

　祖父はテレビをじっと見つめたまま、祖母の問いかけにも気が付かない。祖母が耳元でもう一度声をかけると、祖父は体をびくりとさせ、驚いた顔をしてこちらに振りかえる。

「え？　雑煮がなんて？」

　祖母は慣れた様子でゆっくりと大きな声で祖父へ話しかける。

「おじいさん、お雑煮作りますね。お餅は喉に詰まるといけませんから半分に切って入れますね」

　祖父は祖母の顔を見るとくしゃりと笑う。

「ありがとう。ばあちゃんの雑煮は絶品やからな。なあ、しゅう」

祖母がふふふと笑いながら台所の方へ去っていくのを見送って僕は祖父に
「じいちゃん、耳あんまり聞こえへんのに何でテレビ観て笑っとったん？」

祖父はいたずらを見つかった子供のようにばつが悪そうだ。

「じいちゃんはな、ばあちゃんがテレビ観て笑ってる横顔を見てたんや。ばあちゃんと一緒に笑ってれば盗み見してるの分からへんやろ。ばあちゃんには秘密やぞ」

祖父は照れくさそうに人差し指を口元にもっていく。祖父につられて僕までなんだか恥ずかしくなってきて黙っていると、祖父が遠くを見つめながらぼそりと呟く。

「夫婦なんて所詮紙きれ一枚で契約した他人やけどな、段々とかけがえのない存在になっていくんや。愛おしいもんやで」


あれから三年経った今、僕は白いドレスを着た花嫁と教会で大きな扉の前に立っている。扉が開くとバージンロードの脇で祖父母が寄り添っている姿が目に留まった。祖父の目元を祖母がハンカチで拭っているようだ。じいちゃん、泣くなよ。まだ入場もしてないのに。真っ赤な目をしている祖父はくしゃりと笑い、僕らに向かって親指を立てて見せると、さっきまで緊張気味だった花嫁がクスリと笑う。僕らは微笑みあうとゆっくりと前に歩みだした。

夕焼けフルスイング

桑嶋　ミキト

「お願い、神様……」

幼馴染みのアヤノは手を組み合わせ、目を閉じて奇跡が起こるのを祈っている。一塁側の応援席の最前列にいるアヤノの姿は、眩しすぎて直視できない。

レギュラーになれないボクは、三塁コーチを任されていたので、アヤノの姿がよく見えた。

劣勢が強まる中でも応援団の響きわたる声援は途切れることがない。

しかし、無惨にも種村が三振に倒れた。

とうとう九回の裏、ツーアウト、ランナーなし。六対一と点を引き離され、もはや、敗色濃厚だ。ベンチは重い空気に包まれる。

と、その時急に鬼の形相をした監督が、ベンチからボクに向かって怒鳴っていた。大きな声援の中で聞き取りにくかったがどうやら「行け！」と言っているようだ。

まさか？

そして、監督は手を挙げてグラウンドの主審へ歩み寄る。そして球場にアナウンスが流れた。

「八番、谷口くんに代わりまして、伊藤純一君。バッターは、伊藤純一君、背番号十五」

高校最後の夏。監督は、これまで公式試合に出場したことのないボクに思い出をくれようとしている。

「ジューン！　頑張ってー！」

アヤノが叫んでいる。そしてまた、アヤノが応援席で祈りを捧げている。

ごめん、幼い頃からずっとダメなボクで。アヤノは友だちのままいつも一緒にいてくれた。結局、高校でもカッコいい姿をアヤノに見せられそうにない。せめて振り逃げでも何でもいいから出塁できれば、と願う。

公式試合初めてのバッターボックスに立つと、ボクは大声援の中で存在が掻き消されそうになる。

初球、スイングすることすらできず、インコースにストライクを取られた。ピストルで撃たれるかのような威圧感のあるストレートだ。相手のピッチャーは県内で有名な速球派で、打席に立つだけで恐怖を覚える。

一度きりでいい。まぐれでいい。野球選手らしい姿をアヤノに見せたい。

二球目、アウトコースに咄嗟に手を出し、スイングを止めたつもりだったが、ストライクを取られてしまった。

ツーストライク、追い込まれた。

三球目は明らかにスピードが遅く、コースを外れてた。ボクはスイングせずに見送った。

スライダーのすっぽ抜けか。

カウントはワンボール、ツーストライク。相手のピッチャーが獲物を仕止める虎のような目をした。次で決めるつもりだ。

「お願い。どうか、ジュンに力を……」

アヤノは泣きそうな表情になっている。

いやだ。負けたくない。いやだ。こんなボクのまま終わるのはいやだ！

ピッチャーが振りかぶって、投げてきた。やはり、ストレート。コースはど真ん中だ。

一際大きい声援が、ボクを包み込んだ。


あの試合が終わってから、慌てて受験勉強をしているとすぐに冬になり、やがて年が明けてセンター試験も終わった。

遠く離れた関東の国立大学に進学したいボクは、今、前期日程の試験に向けて、勉強を必死でやっている。

センター試験が終わってから高校で授業はなく、自宅学習に切り替わる。高校には別に行かなくてもいいのだが、自宅より高校の図書館の方が勉強しやすいから、ボクは毎日、自転車で通っていた。

志望校の赤本を広げて問題を解いていると、ボクを覗き込むように体をかがめて視線に入ってくる人がいる。

アヤノだ。会うのは久し振りだ。

「ねえ、話があるんだけど」

「ボクに？」

言われるがまま、野球部が使うグラウンドのバックネット裏へと歩いていく。日が暮れるのが早く、もう空は夕焼けに染まっていた。凍てつく寒さと緊張で手が震える。

アヤノは、バックネット裏に設置してあるベンチに座った。ボクは、その隣の空いたスペースに並ぶ勇気がない。

「何でぼぉ〜っと、突っ立ってんのよ。ここに座ってよ」

照れながらすぐ横にいくと、ますます緊張してきた。アヤノが、こんなに近い。キレイになったな、少し会わなかっただけなのに。

「東京の大学、行くんでしょ？」

「うん。でもまだ、大学の前期試験はこれからだから、受かるといいけど」

「マサキくんから聞いたよ。もう、東京の私立は受かってるんでしょ？」

「うん」

「じゃあ、仮に前期と後期どっちもダメでも、結局、東京に行くんだ？」

「そう、なるね」

「私は、ここに残るよ」

「そうか」

「じゃあ、離れ離れだね」

「そう、だね」

急にアヤノが無言になる。そして、鞄から、カラフルにパッケージされたものを差し出してきた。

そうか、今日はバレンタインデーだ。受験の慌ただしさの中で、そんなことすら忘れていた。

「はい、これ。今まで毎年渡してきたけど、ひょっとしたら、これが最後かな」

「東京はそんな遠くないよ」

「遠いよ。グラウンドのバッターボックスと、スタンドの応援席くらい、遠くて、声も願いも届かないよ」

悲しい気持ちが込み上げてきた。大きな声援に包まれながら、何もできなかったあの夏の記憶が鮮明に蘇ってくる。

「そうか」

「元気でね。さようなら」

アヤノは、バックネット裏からピッチャーマウンドの先の駐輪場へと立ち去っていく。

ボクは何も言えないで、立ち尽くすしかなかった。あの最後の夏の地方大会最後に代打で出場したときのようだ。あのときと同じようように絶望と失意で打ちのめされる。

するとアヤノが遠くで振り向いて叫んでいる。

「何で、最後の最後で、いつもフルスイングしないのよ！　あの夏も、今も！」

ボクは代打でバッターボックスに立った場面をリフレインしていた。

「もう、いつもいつも、ジュンのこと神様にお願いばかりして疲れたよ！　もう、私はジュンのことを祈らないからね！」

「ごめん」

あの夏、ボクはスイングすらできず、見逃し三振で終わった。アヤノの期待に応えられないのが怖くて手が出なかったのだ。

「え？　何？　聞こえないよ！」

アヤノは、あのときのピッチャーのように最後の球を、言葉にして投げてくる。

　ボクは覚悟を決めた。みじめでもカッコ悪くてもいい。どうせなら、フルスイングをして破れよう。

「ごめん！　何も言えないで、何も期待に応えられないでごめん。ボクはアヤノが好きだよ！　だから、東京へ行っても……」

　アヤノは泣いている。

「東京に行っても、何よ？」

「東京に行っても、今までみたいにボクはアヤノだけを見ているから！　しょっちゅう、地元には戻ってくるから、……」

「だから、何？」

「本当の恋人になってください！」

　アヤノが走ってこっちに来る。夕焼けの空に、ボクの言霊が打球となって遠くへ飛んでいくのが見えた。

泣き虫パパのひみつ

寺田　治

「子供たちも大きくなってきたし、ちょっと行ってみない？」

妻はそう切り出すと、ミュージカルのチラシを僕に差し出した。

その有名なタイトルに、胸の奥に何かを感じるのを押し込んで答えた。

「いいね。行こうよ」

「こういうの、あんまり興味ない？」

「え。どうして？」

「いや、返事にちょっと間があったから。あなたらしくないな、って思って」

「昔、行ったことがある演目だったから、ちょっと懐かしくってね」

「あら、それなら別のミュージカルの方が良いかしら？」

「いいや、これでいいよ。何回見ても良い名作だよ。それに、これなら子供たちも見られるんじゃないかな」

「そうしたら、チケット取っちゃうね。この日はお仕事の予定入れないでね」

　公演の日は、年が明けて一月ほど経った日であった。劇場には「春」と書いてあったが、まだその足音も聞こえない、この冬一番に冷え込んだ日であった。

「バレンタインデーがこの時期なのは、きっと、この寒さで人恋しくなるからだね」

　寒さとは裏腹の快晴。少し傾いたやさしい日差しの中、僕の投げた軽口に、妻は頬笑みながら答えた。

「今は人恋しくなる暇ないでしょ」

　今回のミュージカル鑑賞を心待ちにしていた二人の子供たちは、興奮気味で落ち着かず、話し声もいつもの1・5倍ほど大きく騒がしかった。

　ほどなくして劇場に入ると指定された席に着いた。

　相変わらず、子供たちは興奮気味ではあるが、来年小学校に上がる長女は状況がわかるのか、落ち着いてきた。

　着席を促すアナウンスとブザーが鳴り、客席が静まり始めると弟の方も静かになり始めた。ただし、状況はあまりわかっていないようだ。

案の定、客席のライトが消えると声を上げた。

「こわーい。くらくなったー」

「大丈夫。手を握っててごらん。パパがそばにいるよ」

「ママも隣よ」

母親も手を握ったところで落ち着いた。

大丈夫だろうか。脳裏を不安が横切ったが、舞台が明るくなり音楽が鳴り響くと、子供たちもみるみるうちに惹き込まれていき、大人も舞台に集中し始めた。


「すごかったね」

幕間の休憩時間に入ると姉の方が切り出した。

「おもしろかった！」

弟も負けずに話す。

「二人とも良い子に観られそうだね」

「でも、タカシはそろそろ機嫌が悪くなるかなあ」

妻はさすがに子供たちの腹時計の具合をしっかりと把握している。

「ぐずったら親子観劇室に連れて行くわね」

「いいよ、今日は僕が行くよ。君はずっと楽しみにしていたんだから、ここで最後まで観なよ」

最近の劇場には親子観劇室という防音部屋があり、小さい子供が静かに見られない時には、そこに入って周りに気兼ねすることなく最後まで観ることができる。

幸い息子は僕によくなついており、それは妻も知っている。

「ありがとう」

妻はにっこり笑った。たまには奥さん孝行しなくちゃ。


はたして、休憩が終わって第二幕が始まり10分もしないうちに、タカシはぐずり始めた。

「男子チームは別室に移動するよ」

妻に耳打ちすると、そっと息子を連れて席を立ち、一旦エントランスホールに出る。

子供連れの途中退室はよくあることなのであろう、劇場のスタッフがすぐに声をかけてきてくれた。

「お手洗いはそちらです。親子観劇室なら、すぐにご案内いたします」

「観劇室、お願いします」

スタッフに連れられて、大きなガラス窓から舞台が見える暗い部屋に通された。

一組、先客がいるようだ。

「ママ！　あのネコちゃんかわいいね！」

「そうね。白くてふっくらしていて、可愛いね」

この様子だと、うちの子がぐずってもあまり気にしないで良さそうだ。僕は、お菓子を与えたり、舞台を指差して気をそらせたり、立ち上がって抱っこをしたりと、これまで培ってきた父親スキルを総動員して、ぐずってきた息子をなだめた。

かくして、観劇の余裕もなく時間が過ぎていったが、努力の甲斐があって、物語がクライマックスを迎える手前の静かなシーンに差し掛かる頃に、長男タカシは夢の世界に入った。

さて、舞台に集中。ちょうど、ヒロイン一番の見せ場で、儚く切ない曲の熱唱が、僕の心を揺さぶった。

「綺麗ね」

先客の母親が思わず呟いた。

僕の心が再び揺さぶられた。

聞き覚えがある？　僕の胸の奥にあったものが甦ってきた。


「今度、これ観に行かない？」

「え、ミュージカル？　ちょっと苦手だな」

「映画だって音楽だっていっぱい行くのに。行ったことないの？」

「うん。だって、喋ってる最中に急に歌い出したりするんでしょ。何か違和感ない？」

「食わず嫌いはいけないよ。社会に出る前に経験しようよ。もう前売り券買っちゃったし」

大学4年生の冬。幸い二人とも就職の内定をもらっていたが、僕はギリギリのところで卒論に悩まされる日々を送っていた。翻って成績優秀な彼女は、当然、卒業を確実なものにしており、卒業旅行のためにアルバイトに勤しんでいた。

彼女は煮詰まっている僕に気晴らしになるように、観劇に誘ってくれたのだった。


「どう。いいでしょ。そんなに違和感ないでしょ」

幕間に彼女が聞いてきた。

「うーん。まだ何とも」

そう答えはしたものの、僕の心はこのミュージカルにかなり惹かれていた。

そうして、第二幕が始まり場面はついにクライマックスへ。

儚く切なく美しい旋律が、僕らの心を貫いた。

「綺麗ね」

彼女は思わず呟いた。

瞳が潤んでいたが、すぐに霞んで見えなくなった。

僕の瞳からも涙が溢れていたのだ。

彼女は僕を見て微笑むと、黙ってハンカチを差し出した。

当時の僕はクールな男に憧れており、人前で涙を流すなどあってはならないことであった。

「ハンカチ、洗って今度返すよ。何だか、かっこ悪いよな」

帰り道にバツが悪そうに僕が言うと彼女は答えた。

「そんなことないよ。ケンジくんにもそういうところがあるって判って安心した。女子はね、泣いてストレス発散するから泣けない男子よりストレスが溜まりづらいんだって。今日は発散できたでしょ」

そして、ハンドバッグから小さな包みを出して僕の手に載せた。

「はい。ちょっと早いけど、ハッピーバレンタイン。甘いの食べて卒論がんばってね」

僕も彼女も都合がつかず、当日は会えないのを見越して準備してくれていたのだ。

その後は、彼女と順調に続いたのかといえば、そういうわけでもなく、お互いに働き始めて忙しくなり、忙しさにかまけて連絡が滞りがちになり、そのうち自然とすれ違い、疎遠になってしまった。

「久しぶりね。ハンカチ使う?」

我に返る。カーテンコールが終わってホールが明るくなると、懐かしい笑顔がそこにあった。

一瞬の間があって、数年来の親友に会うような感覚になる。

「ありがとう。大丈夫。あれから持って歩く習慣がついたし、今じゃ子供の分も持ち歩いてる」

「すっかり育メンね」

「まあね。元気だった?」

「ええ。あなたは?」

「僕も」

旧交を温める間もなく、僕らはそれぞれの場所に戻った。

「幸せ?」と聞くまでもなく、子供を抱く彼女の笑顔は輝いていた。

もちろん、僕も同じような笑顔でいただろう。


帰り道、息子が言った。

「ねえママ。さっき、お歌が終わった時、パパ泣いてたんだよ。しらない子のママからハンカチ使いますかって言われてたんだよ。泣き虫さんだね」

「タカシ、あの時、寝てたんじゃなかったのか？」

「パパは泣き虫じゃなくて、優しいから、すぐに涙が出ちゃうのよ」

妻が笑いながら言った。

僕も子供たちも、つられて笑った。

胸の奥の何かが笑い飛ばされた。寒空の下、心は温かかった。

歳の差は嫌いだけど君は好き

柳田　知雪

彼に呼び出された時から予感はしていた。

「バレたかもしれない」

きっと私はもう用無しなのだと。

隣に住む洸(こう)ちゃんは七つ年上のお兄さんだ。共働きの親に代わってよく私の面倒を見てくれた。彼の笑顔が大好きな私は、気付けばあっさりと初恋を彼に奪われていた。

問題は、歳の差だった。ようやく私が中学に上がった頃には彼は大学生になり、一人暮らしのため家を離れてしまった。

だから、私はチャンスだと思った。ずっと頼りにしていた彼が、私を頼ってきたことを。

「やっぱり告白ってすごい勇気なんだろうな」

高校教師になって地元に戻ってきた洸ちゃんは、学校は違うけど休みは被る。また会えることは嬉しかったが、今まで恋バナの「こ」の字もしてこなかった彼にそんな話題を振られて、私は飲んでいた麦茶で盛大にむせた。

「お前、大丈夫か？」

背中を擦ってくれる洸ちゃんは、大きく口を開けて笑う。この笑顔が好きな理由の一つは、歳が近くなったような気がするからだ。

だが今は、笑顔に絆されてもいられない。

「こ、洸ちゃん、誰かに告白するの？」

「いや、どちらかと言うとされる側だな」

「え、まさか、教えてる生徒になんて……」

正解とばかりに頷かれ、頭を抱えた。

洸ちゃんがモテないわけがない。この面倒見の良さと気さくで緊張させない距離感は、確実に私のような女子の心を撃ち落とす。

「まぁ、全部断ってるけどな」

「そりゃそうでしょ」

洸ちゃんの隣に私以外の女の子が並んでる姿なんて想像したくもない。百歩譲って年上で、私なんかちんちくりんに見えてしまうような美女が現れたらギリギリ許す……いや、許せないかもしれないけど。

でも、まかり間違って私と同い年の女子なんて言われたら発狂してしまう。

「ただなぁ……断るたびに泣かれてさ。お前なら、同じ女子として、どういう断り方がいいか分かるんじゃないかと思ったんだよ」

そんなの嘘泣きだよ。洸ちゃんに構ってもらいたいだけだから気にしなくていい。

なんて、醜い嫉妬は見せられない。私はせめてまだ、彼の中の可愛い妹分というカテゴリから外されるわけにはいかないのだ。

ここでの解答をミスしてしまえば、私の首まで絞めかねない。

「婚約者がいるって言えばいいんじゃない？」

咄嗟に捻り出した答えに洸ちゃんは目を見開き、それから盛大に吹き出した。

「そんなのいないし。嘘なんてこのご時世、簡単にバレるだろ？」

「この前ドラマでも言ってたよ。嘘はディティールだって」

こんな話に持ち込むつもりはなかった。ただ、次の洸ちゃんからの質問も読めた。返答も喉元でスタンバイしていて、ドクドクと心臓が早鐘を打つ。

「ディティールって、例えば？」

キタ、と思ってしまった。

言ってしまっていいんだろうか。いやでも、最悪冗談と笑ってしまえばいい。彼はそれを許してくれる人だ。

でも、もしノってくれたら？

なぜか泣きそうで、彼の瞳を見られずに視線を落とす。そして震えそうな喉を叱咤した。

「私が、婚約者のフリするとか、どう？」

それからしばし間が合って、短く。

「いいかもな」

と、返事を聞いてからは記憶がない。本当の婚約者になれたわけでもないのに、まるで告白が成功したかのような気分だった。

緊張のピークを超えた私は、妙なハイテンションで次々と段取りと設定を決めた。

ひとまず一番説得力がありそうなツーショット写真の撮影だ。婚約者を強調するなら、プロポーズ後のようなシチュエーションで。

幸い私と洸ちゃんの学校は離れていて、お互いを知る人はいない。撮影のためにメイクや服も精一杯背伸びした私に洸ちゃんは「女って怖っ」と大袈裟に驚いてみせたが、

「可愛い」

と空耳かと疑う声で呟き、車を発進させた。

場所は任せろ、と彼に連れてこられたのは、地元では有名な恋人の聖地だった。夕焼けに染まるこの丘の上の公園に、洸ちゃんと二人きりで来ることをずっと夢見ていた。

「綺麗だな」

そう呟いた彼の横顔が、ひどく眩しい。

周りは当然の如くカップルだらけ。浮いていないだろうか。彼の隣にいて変ではないだろうか、と段々と不安が込み上げてくる。

やがて洸ちゃんともっとここで一緒に、という気持ちよりも不安が勝ってしまった。

「写真撮ろうか！」

そう声を上げた私に、洸ちゃんがポケットから何かを取り出す。てっきりスマホかと思っていたそれは、小さな箱だった。

「嘘にはディティールが大事なんだろ？」

目の前に出されたのはペアリングだった。シンプルな二つの大きさの違う輪が、夕陽の光をキラリと反射する。

不覚にも、泣きそうだった。夢のようなシチュエーションは、やはり夢幻（ゆめまぼろし）なのだ。でも、こんなにも嬉しさがこみ上げてくる。

「安物だけど、カップルっぽく見えるだろ？」

嵌めてやろうか、と言われたが心臓がもたないとお断りした。家に帰ってから散々後悔することをその時の私は知らない。

「ちゃんと指輪写真に入るようにしろよ。ほら、もっと寄れって」

頷きながらも、小学生以来の距離の近さに私は息も忘れていた。肩を抱く腕の強さと、触れ合った箇所から感じる温もりを、私は一生忘れないと心に誓った。

結果的に婚約者のフリは功を奏した。洸ちゃんに告白してくる生徒が激減したそうだ。フリをするために洸ちゃんとのやり取りも増え、まさに人生はバラ色だった。

しかし、ある日呼び出しがかかる。もちろん良い予感はしなかった。

「バレたかもしれない」

正確には、バレたというには語弊がある。洸ちゃんと付き合っている女が未成年ではないか、と学校で噂が広まっているらしい。

「フリは止めて、距離を置いた方がいい……」

元の関係に戻る。ともいかないのだと、言外に感じられた。そんな噂が流れる中、私が彼の周りにいれば誤解を生みかねない。

「そうだね……バカな作戦考えて、ごめん」

私は妹分というカテゴリさえ、結局自分から捨ててしまった。こんな結末になるなんて、予想もしていなかったから。

何か言いかけた彼は、何も言わずに背を向ける。咄嗟に追いかけようとした。でもダメだった。彼の薬指にあの指輪が無かったから。

私たちの関係は、もう何でもない。

どうして私は未成年なのか。おそらく的外れであろう怒りに、私は唇を震わせていた。

それから二年が経った冬。大学への進学で上京した私は、成人式のために帰省していた。同窓会帰り、慣れないヒールに泣きそうになりながら、ようやく家が見えてきた時だ。

「おかえり」

スーツ姿の洸ちゃんが家の前にいた。どれだけ待っていたのか鼻も頰も赤い。久しぶりでも、やはり笑顔はあの大好きな笑顔だった。

「洸ちゃん、なんで……」

彼の薬指に嵌めた指輪には見覚えがある。それは終わったはずの初恋の証。

「成人おめでとう。俺は今日を待ってた」

やっぱり歳の差なんて嫌いだ。

待ってた、なんてずるすぎる。

「絶対私の方が待ってたよ、バカ」

服の下に隠していたネックレスを取り出す。その先で、片割れの指輪が煌めいていた。

恋の仕返し　～Gift of Love～

高橋　祐太

県立高校の合格発表があった日の夜だ。あいつ、何てメッセージ送ってきたと思う？

「今度の日曜、ヒマ？　付き合ってよ」

デート？　そんなんじゃないって。別にどーでもいい存在だ。ただ、近所ってだけ。小学校の６年間と中学３年間、たまたま一緒のクラスだったけど。もっとさかのぼれば、幼稚園も同じ。そう、腐れ縁とかいうやつ。

「ある人にホワイトデーのプレゼントをしようと思ってるんだけど、何を贈ったらいいか分からないから、選ぶの手伝って」

あいつは控えめに言ってモテない。だから毎年、仕方なくアタシだけがバレンタインにチロルチョコをあげてるのに。アタシにお返しはないんかい。いや、ほしいなんて、これっぽっちも思ってないよ。

バレンタインのお返しというよりは中学の卒業を前にしてプレゼントするつもりだろうか。そこでアタシに助けを求めにきた。普通そういうこと、他の女子に頼むかよ。

「キャンディでいいんじゃない？」

「形として残るやつがいい」

なんでアタシがあいつの恋の手助けをしなきゃいけないんだ。だけど断ったら、やきもちを妬いているんじゃないかって思われるのが癪だから引き受けることにした。

日曜は県内の中心地である駅で待ち合わせた。お互いの家が近所なんだから一緒に行けばと思うかもしれないが、クラスメートに見られたら大変だ。

よく考えてみたら、あいつと二人きりになるなんて、中学に入って初めてかも。小さい頃はよく一緒に遊んだし、よく泣かした。アタシがあいつを泣かしたっていう意味。だって、あいつ、ウジウジしているから、ついキツイこと言ったり、蹴りとか入れたくなるんだよね。ま、昔のことは水に流してって言いたいけど、今でも根に持っているんだろうな。

改札外で待っていたら、いきなり背後からダッフルコートのフードをかぶせられた。やりやがったな。まったく頭に来るやつだ！

春休み前なのに、街はにぎやかだった。おしゃれなファッションビルへ入ろうとして、あいつは躊躇した。恥ずかしいのだ。実はアタシも初めて。

あいつはいちいち意見を訊いてきたが、アタシの反応がイマイチだったからだろう、なかなか選べずにいた。はっきり言ってアタシ、興味ないんだよね、アクセサリーとかって。テナントのショップをいくつも回っても決められず、駅の反対側にある商店街へ移動した。

アタシはお腹が空いて仕方がなかった。しかし、乙女としては口が裂けても言えない。か弱いフリをしてみた。

「アタシ、これ以上、歩けない……」

同時にアタシのおなかの虫が響き渡った。あいつは寿司と焼き肉、どっちがいいかと訊いてきた。寿司はどうせ回っているだろうから、後者を即答した。けど、連れていかれたのは牛丼チェーン店だった。焼肉定食を食べながら、あいつは卒業後のことを話題にした。

「お前、県立に決めたんだろ」

「近所だからね。ぎりぎりまで寝てられるし。それにしても、またあんたと一緒だよ」

「俺、私立へ行くことにしたんだ」

初耳だった。そっか……別れ別れになっちゃうのか。そうしたら、あいつは言った。

「別に永遠の別れってわけじゃないしな」

昼飯後、あいつは買い物の続きをした。アタシはうわの空だったので、あいつが怒っていることに気がつかなかった。

「どっちがいいか、決めろよ」

「なんで、アタシが決めなきゃいけないのよ！　アタシは関係ないでしょ！」

お客や通行人が見ているのにも構わず怒鳴り散らしていた。

「第一、プレゼントする前に相手に気持ちを伝えたらどうなの！」

「できるわけねえだろ」

「どうして？」

「……いいんだよ。ただ、俺のこと、ちょっとでも覚えていてくれたらなあと思って」

「分かんない。全然、分かんない」

「分かってたまるか」

「女の子はモノより気持ちのほうがずっとずっと嬉しいの！」

周囲から拍手が起こった。ギャラリーの野次馬たちが一斉に手を叩いていた。アタシは顔から火が噴き出るような思いで、一目散に逃げ出した。

だが、その腕をつかまれた。あいつだった。握りしめる力は強く、痛かった。

「悪かったよ。お前にこんなこと頼んじゃって。もう帰ろう」

地元の駅に着き、バスで帰ろうとしていたアタシに、あいつは自分のチャリンコの荷台を示した。いつもなら憎まれ口でも叩いて何か言い返すアタシだが、おとなしく従った。

でも、やっぱりアタシはアタシ。二人乗りったって普通の乗り方じゃない。後ろ向きだ。

「女らしく横座りしろとは言わないけど、フツー、そんな乗り方するか？」

「だって、疲れたから。背もたれもあるし」

アタシはあいつの背中に寄りかかった。あいつは漕ぎだしたが、アタシはバランスを崩し、荷台から飛び降りた。

「だから、ちゃんと座れって言っただろ」

しょうがなくアタシは前向きに荷台をまたいだ。すると、あいつは無言でアタシの手をつかみ、自分の腰に回させた。アタシは抵抗することなく腰に手を回す手に力を入れた。


あいつはプレゼントのことはもういいと言った。本当にいいのだろうか。もやもやした気持ちでいると、前方にお寺が見えてきた。ここは月一で小さな縁日が出ていて、小学校の低学年くらいまではあいつとよくここへ来たっけ。

ぼんやり思い返しながら、ずいぶんとさびれてしまった境内を並んで歩いた。アタシの目に入ってきたのは、屋台の片隅にあったピンクとブルーの小さなだるまのセットだった。

「これ、これ、これにしなよ、プレゼント」

「この色、気持ち悪いぞ」

「絶対、いいって。ピンクのだるま、もらったらきっと嬉しいよ」

　気乗りしないあいつを見て、アタシは気づいた。これはアタシがもらうんじゃない。

「そうだね……アタシは可愛いと思っても、その子は気に入らないかも……」

　アタシは足早に通り過ぎて行った。寺の出口であいつは追いついてきた。

「じゃあね」

　いつもと同じ挨拶。でも、もしかしたらこれが最後かもしれない。顔も見ずに立ち去ろうとすると、あいつはダッフルコートのフードを引っ張ってきた。

「じゃあな、卒業式で」

　まだあと一回、卒業式で会えるんだ。


　家に帰ると、アタシはベッドに倒れ込んだ。

「痛ッ」

　首の付け根に何か当たった。ダッフルコートのフードの中だ。あいつのイタズラか？

「……！」

　アタシはそれを手にしたまま、じっと見つめていた。何なんだよ、あいつ。アタシは怒っているのに、笑顔を作り、しかも涙までこぼしていた。

　アタシの手の中にあるのは、小さなピンクのだるま。バレンタインの最高の仕返しじゃないか！

初雪は恋の予感

神宮　祐子

東京にこの年初めての雪が降った。

夜景に吸い込まれていくふわふわと降る様を河村桃香(ももか)は、ビルの窓から見つめている。実家のある新潟では雪なんて当たり前で見るのも嫌だったのに、東京で見るとなんと幻想的に感じるのだろう。

昨年の春に大学を卒業して中堅事務機器メーカーに就職した。同期の女子は総合職でバリバリ仕事をしているのに、桃香は一般事務職だ。でも、不満はない。人との付き合いが苦手なうえにテキパキと動き回れるタイプでないことはよくわかっているからだ。入社した頃は先輩たちも一緒に残業に付き合ってくれたが、今では一人残業するのを、誰も気に留めなくなった。陰で「のみこみが悪い、使えない」と言われているのも薄々勘づいている。でも、それは事実だし仕事が遅いのは自分のせいなのだから仕方がない。

デスクにあるステンレスマグボトルのお茶を飲んで一休みする。周りを見渡す。だだっ広いフロアに自分一人。金曜の夜、それもバレンタインデーだっていうのに。まあ、恋なんてこの三年間していないのだから関係ないけれど。ふっと寂しさと孤独を実感して、あわててパソコンの画面に向き直り、キーボードを打ち始める。

キーボードを打つ音と重なって、廊下を歩いてくる足音が微かに聞こえてくる。と、フロアのガラス扉が開き誰か入ってきた。

「お疲れ様です。まだかかりそうですか?」

振り向くと、背の高いひょろっとした警備員が話しかけてきた。桃香より少し年上だろうか。胸には「岩田」とネームプレートをつけている。

「あっ、すみません。もう終わります」

「そうですか」

「あれ?」

桃香の声に、ガラス扉に向かって歩き出していた岩田が振り向いた。

「どうしたんですか?」

「ない、USB。ここに入れてたはずなのに」

桃香は、引き出しの中をまさぐる。書類、ファイル、ボールペン、シャーペン、消しゴム、定規、それから、キャンディやチョコレートなんておやつまで、次々とデスクに出していく。その様子を見ていた岩田が近づいてきて、桃香の周囲を探し始めた。

「どうしよう」

「落ち着いて思い出してみてください。本当に引き出しの中に入れました？」

桃香はもう一度頭の中をひっくり返して考える。引き出しの中、それからデスクの上、ひとつずつ確認しながら片づけていく。書類の束をどかしたら、その下にＵＳＢメモリが現れた。

「あった！」

「ああ、良かった」

岩田が安堵して微笑んだ。その笑顔が何の違和感もなく心に入り込んできた。なんて優しくて温かいのだろう。

「あ、ありがとうございました」

「これで、無事に帰れますか？」

「はい」

桃香は恥ずかしくてうつむいたまま、ＵＳＢメモリを差し込んだ。データを移しこむパソコンの音に重なって、心臓の鼓動がやけに大きく聞こえる。ドキドキ、カタカタ、ドキドキ、カタカタ……

「いつも遅くまで仕事、大変ですね」

「いつも……そうなんです。私、要領が悪くて」

そう言って微笑もうとしたのに、言葉に詰まり涙があふれてきた。ここは泣く所じゃない、笑わなきゃ。だけど顔が歪んで、涙がぽろぽろと頬を伝う。何か言わなくちゃ、と思うのに言葉がでてこない。

「俺、大学卒業して大手企業に就職したのに挫折して一年で辞めちゃったんです。だから、あなたは偉いなぁって」

飾らずに話す岩田をみて、また涙があふれてくる。今まで抑えていた気持ちが流れ出してくる。

「ちゃんと見てくれている人はいます。努力は必ず実を結びます。俺は気づけなかったけど」

たった一人、取り残されていると思っていた。仕事だからと頭では理解しているのに、心の中では何のために誰のためにこんなことをしているのだろうと思っていた。能力のない自分が情けなくて悔しくて、どうしていいかわからなくて、光が見つけられなかった。でも今、初めて自分の存在が認められた気がした。

「なんか、すみません。偉そうなこと言っちゃって」

「いえ。ありがとうございます」

桃香が顔をあげ微笑んだ時、

「ぐぅー」

岩田の腹が鳴った。

「そうだ」

桃香は、机の上にあったチョコレートを岩田の前に差し出した。

「良かったらどうぞ」

「ありがとうございます」

岩田は腹を押さえて照れ臭そうに受け取った。

「じゃあ、帰り気をつけてください。見回りに戻ります」

そして、やっと安心したのかフロアを出て行った。

「ハッピーバレンタイン」

桃香はその背中につぶやいた。心がほんわかと温かくなっていく。

窓の外はまだふわふわと雪が舞っていた。

ラブレター

土屋　博孝

「一、傘、バッグに入れたよ」

「サンキュー、姉ちゃん、でも、今日雨降らないよ」

「夕方から降るそうよ。大丈夫だと思うけど、部活あるんでしょ」

「野球部は雨でも筋トレなんかやるからなあー」

「ほら、早く食べないと遅れるよ」

「いけねっ、やべっ」

　姉の紀子が用意した朝食もそこそこに、曇空の中を一は駅に駆ける。

　表現の授業は毎回テーマを決めて作文する。一は国語が苦手で彼にはつらい時間である。

「今日の課題はラブレターだ」

「えーっ、何それ」

「今時そんなもの書くやつなんていねーよ」

「古いなあ、先生、遅れてるよ」

「メールやSNSの時代つーによー」

「こんな時代だからこそ文章を書くことに意味がある、書くことは、考えが整理されて深まるということでもある。好きという言葉はなるべく使わない方がいい」

「時間内にできなければ次の授業までに作文ノートを提出するように」

職員会議があるというので部活はなくなった。雨は早まって、学校を出た頃には雲行きが怪しくなり駅の踏切で本降りになった。踏切は開かずの踏切として知られている。急いで傘を取り出した。「げっ、女物」黒っぽいので姉が入れ間違えたのだ。

右手に女性が雨に濡れている。制服姿で高校生だと知れた。一は少し躊躇したが彼女の頭上に傘をもっていく。彼女は一瞬戸惑いを見せたが軽く会釈をした。間の悪さに一は早くこの場を離れたい衝動にかられたが、踏切は永遠に開かないのではないかと思えた。

遮断機が上がっても、雨は勢いを増して激しく路面を叩く。女物の小さな傘は一の半身をずぶ濡れにした。ともかく雨を避けようと近くのコンビニの軒先に駆け込んだ。彼女は心をやわらげたのか、つられるように従った。

一は降り続く雨に恨めしそうに空を見上げては、沈黙もつらいので、

「俺、K高の二年、名前は一と書いて、はじめ、学校ではみんないちと言っている。両親

がいないので、年の離れた姉が何かと面倒を見てくれる」と自己紹介した。

彼女は青山莉子（りこ）、高一で学校は地域の進学校に通っている。部活などいろいろ話したがよく覚えていない。時折顔を向けると、ひっつめ髪からこぼれた黒髪が艶（つや）やかに横顔に張り付いて一は視線を泳がせた。雨は小降りになった。

「あ、傘は持って行って、俺は走ればすぐだから」

「でも……、困るわ――」

「じゃあ、このコンビニの傘立てに置いといてよ、二、三日なら大丈夫だと思う」

「では、そうします」

一にとってこの出会いは部活漬けで男子校でもあり女性に縁がなかったこともあって、この偶然の幸運に気持ちを高揚させていった。踏切では早く時間が過ぎればと思ったのだが、コンビニの軒先ではこのまま時間が止まってくれればと思った。

翌日コンビニの傘立てに折りたたみ傘が差してあり、柄（え）にハンカチが結ばれてあった。

「姉ちゃん、アイロンある？」

「あるよ、アイロンなんてかけたことがないのに、どうしたの」

「へー、ハンカチ、女物？　誰の？」

「別に」

「下手ね、貸して、やってあげる」

「いいってば」結局姉の強引さに負けてしまった。

ハンカチの隅に「莉子」と刺繍がしてある。その名前の隣に白い糸が一センチくらいで右下がりに縫い付けてある。裏に糸の結び目が出ている。紀子は、当初糸のほつれだと思ったが、「莉子・一」と読めた時、母の思いにも似た、感情がこみ上げてきた。

一はハンカチを彼女に渡せると思ったし、あの時は、メールの交換も不自然で連絡先もわからないが、その日はそんなに遠い日ではないと思っていた。住所の大まかな方向は話の中で知っていたし、彼女への思いが彼を楽観的にさせたのかもしれない。

雨の軒下では気も漫ろだったので、今度は話の順序なども組み立てた。しかし、その日は訪れなかった。あの雨の日以来二人は会うことはなかった。

試験期間中、部活動はない。試験は憂鬱だが、厳しい練習から放たれ解放感を感じていた。

＊

帰途、大通りの交差点付近で卒業した野球部の先輩に呼び止められた。

何日かぶりに雨になった。莉子は改札を出た女性の後を追った。傘の絵柄に見覚えがあったので思い切って声をかける。

「あのう、山浦さんでいらっしゃいますか」

「そうですが、何か」

「一さんのお姉さんですよね」

「そうですが——、あなたは——、莉子さん？」

「はい、一さんにはお世話になりました」

「そう——あなたが莉子さん」

「一さんには最近会ってないんですが部活忙しいんでしょうね」

紀子は視線を落とし一が交通事故で亡くなったことを告げると、莉子は絶句して棒のように立ち尽くし、「そうですか……」と答えるのがやっとで、後日家を訪ねることを告げて別れた。

訪れた紀子の家には急ごしらえの仏壇があって、ユニフォーム姿の遺影があり、一筋、線香の煙を燻(くゆ)らせている。

「弟は試験の日、交差点で故障した先輩のバイクを押していて信号無視の車にはねられたの、この日もあなたのハンカチを持っていました」

「もしかしたら、お返しするのをきっかけにしてあなたと話したかったのかもしれません」と言ってきれいにたたまれたハンカチを手渡した。

「開(ひら)いてみて——、あなたの名前の横に白い糸があるでしょう、糸のほつれかと思ったんだけど、あの子の名前なのね、でも、何か、糸が頼りないのは、不器用なせいもあるけど、気に入らないときはすぐ除(のぞ)けるようにしたんじゃないかと思うの」

「そうそう、こんなものがあって、貴女に見てもらった方がいいかと――」

紀子は一冊のノートを差し出した。作文のノートらしく、あちこちの余白に野球の落書きや漫画が描いてある。

ページをめくると「ラブレター」と題した文章が目に入った。莉子はとっさに自分に向けて書かれたものと思って思わず目を凝らす。しかし、読み進めると違和感があった。

「授業の課題らしいの、女はどんなこと言われたら喜ぶ？　なんて私に聞いていたわ」

これが書かれたのは彼女に会う前なので、違和感はそのためである。教師の助言通り具体的な場面を想定して遊園地に二人で出かけたことが時を追って丁寧に書いてある。文章は拙稚だが文字を紡ぎ出すように書かれてある。しかし、読み進めていくとまさに二人に共通する事柄が述べられている。あの雨の日のことだ。あとは自宅で読むことにした。

――授業で『明日地球が終わるとわかったら、今日何をするか』という課題に、「食いたいものたらふく食う」くらいしか思い浮かばなかったが、今は違う。今は莉子と居たい、一緒に居たい。おなじ方を向いて生きたい。――姉ちゃんも幸せになってほしい――。と結んであった。

＊

ある晴れた日、莉子は一のノートに書かれてあった遊園地に出かけた。書かれてあった通りに体験してみようと思ったのだ。一人コーヒーカップに興じる姿を隣のカップルが訝しげに見ていた。観覧車に乗る。初めは一との世界に浸っていたものの次第に感傷の思いに襲われた。そして、一が子供の頃や両親のことを話したのを思い出した。「漫画ばかり読んでるのを親父はよく怒っていたけど『はだしのゲン』だけは買ってくれた。ゲンのように心の逞しい子供に育ってほしいと思ったんだろう——、と今は思っている。ゲンが池の鯉を盗(と)って病床の母に食べさせようとしたところが心に残っている」と語った。ゲンに倣って幼少期、庭の隅に蝉の死骸を埋めて「キーミョームーライ……」とお経をあげた話に吹き出したが、後で思うと一は命のことを話したのだと思った。

莉子は踏切で自分の頭上に、ずっと恥ずかしさと間の悪さがないまぜになった複雑な顔で傘をさしてくれた一の横顔を思った。そして、閃光のような一時(いっとき)の命の輝きが自分を照らしてくれたことを思うと、知らず流れ出た涙を横に払った。

観覧車が最上部を過ぎる頃、空が尽きるあたりが一面に茜(あかね)色になると、街の景色も鈍(にび)色に変わって家々には明かりが灯(とも)った。

鰻重

カモチ　ケビ子

9月6日は父ちゃんの命日だった。

三回忌は無事に終わり、父ちゃんが生きていた感覚が薄れるものかなと思っていたのだが、そういうことは今のところ全然ない。

今でも実家に帰るとたまたま父ちゃんはどこかに出かけていていないんだな、という感覚が抜けないでいる。

我が父ちゃんは子煩悩でもなければ教育熱心でもなく、子供側の記憶で言うと自分の成長に大きく関与してない大人、という認識だった。一方で何か大きなこと、例えば私が交通事故を起こしてしまった時や親戚がお金に困っているという話を聞けば、いつの間にか父ちゃんが解決させていた。

一緒にお風呂に入った記憶も公園で遊んだ記憶もないけれど、大人になって父ちゃんを総括すると、総じて頼りになる男であった。

父ちゃんの晩年は私が結婚ができないことに悩んでいた時期と重なっていた。なぜ自分は結婚できないのかと深く悩み、家族の些細な雑談で勝手に傷ついていた日々でもあり、帰るたびに「なんかすまんね」と父ちゃんに冗談まじりで詫びを入れていたのだが、自分の不甲斐なさと申し訳なさでパンクしそうな気持ちになり、帰省の回数も減っていった。

娘からの詫びに対して父ちゃんは「結婚は難しいべ。仕事ばっかりやってっと男はおっかねえんじゃねえか」と慰めのようにじゃじゃ馬ならしをするのだが、これが本心ではないことが後々わかる。

何年婚活しただろうか、あれだけ悩み傷ついた婚活もいざ決まるときはあっけないもので、交際5か月で運よく結婚が決まった。2016年の年末の出来事であった。

年が明けて凱旋帰省した。これまでのように、手土産をサーターアンダギーにして、しゃべれなくしてやろうかなどと考える必要もなく誇らしく嬉しい気持ちで帰省した。

父ちゃんは「あ〜？　おめえがか？」と定位置のマッサージチェアから身を乗り出して驚いていた。「おめえのようなじゃじゃ馬をもらってくれる猛者がいたのか！」という喜びを感じ、心から安心した。

それから2週間後、夫となる男と実家に結婚の挨拶をしに行った。

口数が少ない父ちゃんがその日はご機嫌を隠せず、ビールもたくさん飲んで赤くなった顔と白髪で紅白だな、めでたいなと嬉しく思った。

さらに2週間後、婚姻届けの証人になってもらうために再び帰った。

父ちゃんが記名をする横で身を乗り出して婚姻届を見守る母ちゃん。こんな幸せな瞬間がこの私に訪れるとは、信じられないほどのものであった。

婚姻届を提出したのはバレンタインデー。イベントめいた直近の日がバレンタインデーだったのだ。特段バレンタインデーに思い出がある人生ではなかったし、去年は夫となる男に出会ってもいない。こういう日取りを選んでしまったのはSNS全盛期に入籍するという時代のかすり傷かもしれない。

入籍完了の報告を電話でした。「無事入籍できたよ。もう名前が違うんだよ。お世話になりましたね〜！　ふつつかものでしたね〜！」と。父親譲りの不器用さで。

「そうか」いつもの父ちゃんであった。

娘の結婚に安心したのか、何なのか、それから約半年後、父ちゃんは突然死んだ。

父ちゃんが死ぬその半月前、お盆休みに夫となった男と実家に帰り、出前で取った鰻重を食べたのが父ちゃんがまともに食べた最後の食事だと聞いた。

おかもちの蓋を開けるとラップでぐるぐる巻きにされた鰻重が入っていた。鰻重とセットの漬物、肝吸いを取り出して「田舎の鰻重はご飯が多いな〜腹パンパンだよ」と言いながら3人で食べた。

翌日から父ちゃんはしっかりと食事ができなくなったと後で聞いた。

母ちゃんは連日の猛暑で夏バテだろうと様子を見ながらしばらく放っておき、それでも食欲は戻らず医者嫌いの父ちゃんもさすがに今回は、と町医者に行ったら大きな病院に移されてそのまま入院した。

その後、10日ほどで死んでしまった。

離れて暮らしていると妙な気を使われて、父ちゃんが入院したことさえ知らないで数日過ごした。

母ちゃんは演技が今一つ下手で、いつも通りふるまいながら電話口でうっかりボロが出た。ボロに気づきながらもそれ以上突っ込まず、姉にボロの詳細を聞いた。父ちゃんが入院し、そしてもう帰宅は難しいことがそこでわかった。

翌日、お見舞いに病院に向かった。

ひっきりなしにお見舞いが来るからと、その日の夜に小さな個室から大きな個室に移る予定だと聞いた。

私が病室にいると、「あら～結婚が決まったお嬢さん？」と声をかけられた。父ちゃんは昔から家族以外の女に愛想が良い。私の結婚のことまでぺらぺらしゃべっていてあきれた。

父ちゃんは病院の食事が美味しくないと、口を付けないでいた。調子が良い日にバニラアイスクリームを欲しがり、一つ完食した後、調子に乗ってもう一つ食べて、そして吐いた。ハーゲンダッツのバニラだった。

見舞いで「大丈夫か？」と聞かれると「大丈夫じゃねえけどな、大丈夫だ」と病床で笑いを取る父ちゃんだった。

私が見舞いに行ったその日。夕方近くに容体が変わり、家族が集められた。お見舞いのはずだったのに、何か違うことになりそうだと胸がもやもやとした。

夫に状況を話したら、特急電車に飛び乗って来てくれた。

妻の急場のつたない運転で病院の最寄り駅まで迎えに行き、慣れない道をよろよろと病院に向かい病室に急いだ。病室には家族がいつの間にか集まっており、子供の声でにぎやかないつもの実家の雰囲気があった。

夫は部屋に入るなり、枕元に向かうと肩をさすり泣き出した。涙をぽろぽろとこぼしながら。なんども肩をさすっていた。その姿を壁にもたれながら、眺めていた。驚いたのだ。たくさん人がいると悲しくても我慢してしまう素直になれない私とは違う、大きな男の姿であった。

不謹慎ながら、この時に「父ちゃんのために泣いてくれたこの人を人生をかけて幸せにしよう」と誓った。

それから数時間後のこと。

母ちゃんを病室に残して家族が食事に出かけた間に父ちゃんは死んだ。大家族なのに最期は夫婦水入らずだったと母ちゃんは人目を憚らず泣いて、そして二人きりの時間を自慢げに嬉しそうに、でも悲しそうに報告してきた。

気楽なお見舞いのはずが、図らずも家族総出でのお見送りとなった。

狭い個室がぎゅうぎゅうになり、大きな泣き声が廊下に漏れないかと余計な心配をした。

私だけ泣けなかった。

お葬式で、叔母さんから言われた。

「お父さんはね、結婚をずっと心配していたから。親孝行できたね」と。初めて聞いた父ちゃんの父親らしい気持ちであった。

病床で、父ちゃんと夫となった男はバトンタッチをしたのだなと思っている。このじゃじゃ馬の面倒を見る係の。

それから命日は父ちゃんと食べた鰻重を食べることに決めた。今年も夫と二人で鰻重を食べた。奮発して特上の鰻重。

向かいに座るじゃじゃ馬係は、「食べすぎた、満腹だ」とうるさいが、そういうわけで鰻重を食べるのは年に一度、この日と決めた。

母、茶毘に付して

わたなべ　蓮

夕暮れ時を知らせる鐘が小さな街に響いていた。

まだ冷たいがそれでも、真冬の頃とは違う風が吹いて、私と雪絵は顔や手に冬の名残を感じながら単線の駅のベンチに座っていた。

「雪絵ちゃん、それじゃ、もう行くね。また連絡するよ。そうだ、夏休みになったら、また会おうね」

雪絵は何も言わず、ちょっと俯きながら、頷いた。私はそんな雪絵を見ていると抱きしめたい衝動に駆られた。

私は雪絵の肩に手を置いてから私の胸に雪絵の顔を引き寄せた。

雪絵は恥ずかしそうに両手を私の後ろに回して、『待っているからね』って一言呟いた。

発車のアナウンスの後に緩やかなメロディーが流れた。私は近くの車両に飛び乗って直ぐに閉まりだした扉の窓の位置に顔を寄せた。電車が動き出すと雪絵の顔が自然とこちらに向いて淋しそうな表情を送っていた。本当は周りに構わず雪絵を思い切り抱きしめたかったが、それが何故かできなかった。それからもう四十年近く経ってしまった。夏休みに会う約束も果たせなかった。

私は上京してからそのことを気にしていたが、とうとう会わず仕舞いになってしまった。何度か帰郷したこともあったがそれでも会うことは無かった。

母の危篤の知らせを聞いて新幹線の自由席の車両に飛び乗った。空いた席に座りこむとホームがゆっくり動き出しそれから少しの間、地下道を走り続けた。

車内の照明で暗い車窓に映し出された自分の姿を見ながら、雪絵という女と自分のことを思い出していたのだ。風の便りによるとその後、雪絵は結婚して二人の子を儲けたそうだ。今なら六十近い年である。今更会おうとは思わないが、一言、言い忘れた思いがあったようでそれが思い出せなかった。背もたれに身を任せながら、少し眠ろうと思っていた。疲れがたまっているが、なかなか眠れないような感覚で目を瞑っていた。暫（しばら）くは瞼の裏の残像のような点が自在に変化してゆく後を無意識に眺めていた。暫くすると、どうしたことだろう暗闇の眼前に自然の景色が現れたのだ。まるで写真のネガフィルムに映し出されたような色の反転した山間と田園が続く、パノラマの世界だった。静かで、落ち着く、その世界は何処の景色かは、判明できなかった。私は目線をスライドさせてみた。その景色はどこまでも続いていた。私は暗闇の景色に夢中になって見入った。そして、鮮明に映し出された世界は、澄み渡った、この世のものとは思えない雰囲気の中に佇んでいた。突然、携帯が鳴って、デッキまで走り込んだ。母の臨終が知らされたのだ。間に合わなかったという思いが込み上げてきたが、何故か少し安堵の思いもあった。母は幼少の頃、祖父の仕事の関係で、樺太で過ごしたことがあった。私は、母からその頃の話をよく聞かされた。

　極寒の夜、狼の遠吠えに怯えていた思いや何処までも続く草原に遥か遠くに浮かぶ山並みが見える広大な異郷の風景や近隣の家から出火して瞬く間に辺り一面火の海となり、夜空が真っ赤に染まりながら蠢(うごめ)いていたことなどが幼ない頃の母の思い出となって残っていたのだ。もしや私が見た瞑想の景色は母が育った樺太の風景だったのだろうか。この不思議な体験は母が臨終の最中に訪れた場所だったのか。私は、同時にその景色を見ていたのか。私には解らないが、母は、いつも懐かしんでいた自然の景色の中に帰って行ったのかもしれない。母の思いが繋がったようにも感じた。少し安心した気がした。何時しか車窓の景色が、ビルが立ち並ぶ街の風景に移り変わっていた。

　盆過ぎの東北は秋めいて涼しく感じたが、今年は八月に入って雨が多かった。母の葬式の日取りが二日ほど遅れて小雨の降る中、火葬場に到着した。次から次と他の参列者を乗せたマイクロバスが到着していた。私たち一行は母の遺体が荼毘に付されるまで石庭の中庭が見える透明のガラス張りになった待合室で待っていた。他の団体も喪服に包まれ静かに故人の事を偲びながら荼毘に付す順番を待っているようだった。こんな時以外はなかなか会えない親戚や身内との懐かしい思いを、悲しみを超えない程の表情を保ちながらそれぞれ静かに会話がなされていた。そんな光景を私はガラスの扉越しに中庭から煙草をふかしながら何気なく見ていた。その時だった。また新しい団体が十人ほど入って来た。その団体は奥の通路際に置かれたソファーを五、六人で占めた。そして、私から見える正面に清楚な縮緬の黒紋付きに身を整えた五十代の婦人とその両脇には娘と思える細面の二十代の女性が座った。その親子らしき三人は、会話も無くそれぞれの思いで静かに目線を伏せていた。私は何気なく右側に座った姉らしき方を見ているうちに二、三日前に新幹線の中で思い出した雪絵の面影に気づき、突然、鼓動が激しくなったのだ。俯いた顔の表情があの時、抱き寄せた雪絵の表情を彷彿とさせたからだ。老いぼれた今の私でもあの頃の雪絵のことは当時の私の記憶となって残っていた。ただ、あまりにもタイミングが良すぎたのか、私の勝手な思い込みがそうさせたのか、きっと他人の空似だろうと、思い直し、ひとりで退屈そうにしている叔母の傍に座った。叔母は静かにタブロイド版の新聞記事を読んでいた。まだ私には気づいていない様子だった。その叔母は母の一番下の妹で私の一番上の兄を小さい頃から弟のようにかわいがっていた。その兄は、次男との確執や事業が失敗してその挙句に親戚中に迷惑を掛けたことを悔やんでか、母の葬式には参列しては、いなかった。叔母の表情の暗さはそのことも原因なのだろう。以前の叔母ならこんな時でも気丈夫に明るく振る舞い慰めのような言葉をかけてくれるのだが、叔母の長男も事業に躓き、それが理由で離婚して叔母の下に身を寄せていた。叔母は突然、私に気づいて口を切った。

「マサルに会いたい」と母の葬式に参列していない兄の事を言い出した。

それは、独り言のように私には聞こえた。

その独り言は兄がどんなに親戚中から非難されようと決して受け入れない叔母の本音にも聞こえた。

そして、私には次男が喪主として振る舞うことの物足りなさのような、なにか宿命的に思える叔母の思いが詰まったような言葉にも思えた。

私は静かに頷きながら、

「そうだね」と一言だけ返した。

そして沈黙が続いた後だった。

「ユキエさん、大変だったね。何も出来なくてごめんね」

「あら、姉さん、いいのよ、来てくれたのね。ありがとう」

私は思わず、声のする方へ振り向いた。

やはり、先程の親子のところに独りの女性が近寄って挨拶している様子だった。

私はその義姉らしき人を見上げている母親の顔をじっと見つめた。すると、あの時、ホームから私を見送る雪絵の顔が思い起こされたのだ。それは一瞬に記憶と想像を繰り返してその面影を辿った挙句に別れ際の淋しい表情に辿り着いた。そして、さっきの娘の表情に揺らいだことを思い出して、あっ、やっぱり彼女は雪絵だと確信した。四十年ぶりにこんなところで彼女に再会できるとは思ってもみなかった。あの頃の二人の時間が蘇った。私にとってはそっと仕舞っておきたい思い出だったが、現実は既に四十年を超えてその面影から互いに紐解きながら探ってゆくようなものだった。その時、私は彼女に会って挨拶をしようかとも思ったが、なんだか野暮ったくて嫌な気がした。名前も面影も雪絵だと思ったのだが、それがもし違っていたら、いや、今、彼女に私の事を思い出させるのは唐突で不謹慎のような思いもするし、それに彼女の中に私の存在すらなかったとしたら虚しい思いだけが残るような気がしたからだ。もう、今の私は、あの時の私とは別人のようなものであの遠い昔に全ては終わっていると思い直したのだ。新幹線の中で彼女の事を思い出したことやここで四十年後の雪絵を見かけたことは、全て母が引き合わせたことだ。私は、不思議な縁に思わず数奇な運命のようなものを感じていた。母の骨は白く綺麗で箸の先に儚い重さを感じながら二人一組で拾い終わると、係の者が慣れた手つきで原型を無くした骨の片々をかき集め骨壺に流し込んだ。そして、最後には頭がい骨の欠片らしきものを上に載せ、はみ出た骨を金属の箸で奥に詰め込んだ。それから、更に蓋の重さで押し込まれた。私は殆(ほとん)ど骨壺の陶器の重さに支配された母の遺骨を膝に抱えながら降りやまぬ雨の中、火葬場を後にした。それから山間の林の中を下ってゆくと堤防の道が見えてきた。視界が広がり、大きな川が目に入ってきた。すると私は思わず、あっ、あのポプラ並木だ、と心の中で叫んだ。それは雪絵の好きな風景だった。そこはこの川を十キロ程下ったところにあった。その場所は堤防を越えて高校のグラウンドが見えてくるとその裏手にある風景だった。くねった一本道が続き道の両脇にはポプラ並木が道に沿って立っていた。その場所だけが、西洋の田園地帯のようなポプラ並木が続く風景なのだが桑畑を抜けると突然、その景色が広がるのだ。私はあの単線のホームで、夏休みに二人でここに来ることを約束したのだ。もう果たせないそっと仕舞い込んだ約束だった。バスが揺れる度に私は抱えた骨壺の木箱をしっかりと押さえていたが、そのうち両手に汗が滲んできた。その度に木箱を包んだ布で判らない様に掌で押さえながら拭いていた。膝に抱えている物が本当に母だったのかと、とても不思議な感覚だった。親戚の者達は無言で、雨に煙る街並みとその真ん中に霞んで佇む信夫山（しのぶやま）を何気なく見ている様子だった。

さっちゃん

鈴木　すこたろう

○アパート・正男の部屋
　全身防護服姿の男３人が入ってくる。
業者Ａ「遺品整理屋です、って誰もいねーか」
業者Ｂ「うわ、えらい散らかりっぷりっすね」
　足の踏み場もない程散らかっている室内。
業者Ａ「（資料を見て）山田正男75歳。死後２か月後に発見、と」
業者Ｃ「孤独死っすね。なんすか、この匂い」
　業者Ａ、床の黒い人型の染みを見る。
業者Ａ「ほら、あそこで死んでたんだ。脂が染み込んでる。その匂いだよ」
業者Ｃ「うっ……（と吐きそうになる）」

業者B「おい、ばか！　出てから吐け！」
業者C「……はぁ。遺品引き取る人、いないんすよね？　独身だったって、さっき大家さんが」
業者B「75歳で独身か。寂しい人生だこと」
床に「さっちゃんへ」と書かれた手紙。
業者C、手紙を開けて読み始める。
○市役所・福祉課（50年前）
三上幸（23）、窓口でお年寄りの相談に乗っている。

窓口の奥、パソコンのエクセルを睨みながら頭を抱える山田正男（25）。

正男「あれ……。なんで消えるんだ……」

窓口の方を見る正男。視線の先には幸。

上司「正男、早くしろ、会議間に合わないぞ」

正男「あ、すいません！　すぐやります！」

正男モノローグ（以下M）「さっちゃん。君は顔が小さくて、かわいらしい子だった。先輩として恥ずかしいけど、僕はいつの間にか君を見てしまっていたんだ」

印刷する正男。機械が止まり慌てている。

正男M「僕は、ほら、不細工で、デブで。さっちゃんに似合うはずもない男で……」

呆れた表情の上司。頭を下げて謝る正男。

幸、遠くから正男をちらっと見て笑う。

○通り（夜・50年前）

正男M「そんな僕らが近づくきっかけを作ってくれたのは、オードリーだったっけ」

歩いている幸。見ると道端で腰を屈めている正男。猫にソーセージをあげている。

幸「（慌てて近づいて）だめです！　こんな油っこいもの、おなか壊しちゃいますよ」

正男「だって、このソーセージおいしいから」

幸「ちょっと待っててください」

×　　×　　×

幸、キャットフードを猫の前に置く。

猫、ビルの隙間に移動し、食べ始める。

正男「オードリーは人間が怖いみたい」

幸「オードリー？　飼い猫なんですか？」

正男「野良猫。小学生ぐらいの子が呼んでた」

幸「オードリー。春日に似てるからですかね」

正男「誰、それ」

幸「うそ、知らないんですか。お笑いの……、ヘップバーンの方ですか？」

正男「そう思ってたけど」
幸「小学生が知ってますかね。見たことありません？　か、かかすかすって両手広げて」
正男「両手広げて？　どんなふうに？」
幸「え、嫌ですよ、恥ずかしいもん」
猫「にゃあ」
正男「もう一匹くれ、って言ったのかな」
幸「ありがとうって言ったんですよ、きっと」
　去っていく猫。猫の後ろ姿を見ている幸。
　正男、幸の横顔をちらっと見る。
正男Ｍ「君の横顔に、心が、なんていうか、爆発しそうになった」
○市役所・福祉課（深夜・50年前）
　薄暗いフロアに正男と幸。
正男「こんなの明日まで終わるわけない」
　幸、パソコン内のエクセルを覗きこんで。
幸「終わりますよ。計算式を入れたら……ほら」
正男Ｍ「僕らはよく残業をしたね。って僕の仕事を君がいつも手伝ってくれたんだけど」
○屋台ラーメン屋（夜・50年前）

スマホでオードリーの動画を見て笑う正男と幸。
正男Ｍ「帰り道のラーメンが楽しみだった。飽きっぽい僕は毎回、違う味を注文していたけど、君はいつも同じだったね」
正男「また醤油。味噌とか豚骨もおいしいよ」
幸「あたし、これって決めたらずっと同じなんですよね。浮気できないんですよ」
正男「ふーん。俺も浮気はしないけど」
○通り（夜・50年前）
並んで歩く正男と幸。
正男Ｍ「本当は何度も告白しようとしてた」
○駅・改札前（夜・50年前）
改札に入る幸。手を振る正男。幸が見えなくなっても改札の奥を見つめる正男。
正男Ｍ「今日こそはって思って、けど、どうしてもあと一歩の勇気が出なくて……」
○通り（夜・50年前）
ポケットに手を突っ込んで歩く正男。
正男Ｍ「尻込みしてたんだ。それ以上望むことは欲張りな気がしたんだ。って言い訳か」
○アパート・正男の部屋（夜・50年前）
正男、壁に小さく何かの文字を書く。

正男Ｍ「あの頃の自分に言ってやりたい。『なに弱気になってんだ。今しかないんだぞ』って。だって、だって2か月後、君は……」

○市役所・福祉課（50年前）

幸、突然倒れる。騒然とするフロア。

職員「三上さん！　三上さん！」

○病院・廊下・幸の病室前（50年前）

正男、開いた病室の扉から中を覗き込む。

○同・幸の病室（50年前）

市役所の職員と笑顔で話している幸。

職員Ａ「早く元気になってね。三上さん休んでから正男君、あからさまに元気ないのよ」

○同・廊下・幸の病室の前（50年前）

聞き耳を立てる正男。手には花。

職員の声「じゃあ、また来るから」

正男、慌てて廊下の隙間に隠れる。

職員ら、正男には気づかず病室から出る。

正男Ｍ「その頃のことはあまり覚えていないんだ。2浪してやっと大学に入った僕だ。君がなんでこんなところにいないといけないのか、わからなかった」

決心して病室に入ろうとする正男。
しかし、幸の両親・弟と鉢合わせになる。
正男「(びくっと止まって) すみません……」
立ち去る正男。その後ろ姿を見る幸の弟。
○通り (夜・50年前)
早歩きで歩く正男。
正男M「決めた。さっちゃんが元気になったら、今度こそ、本当に告白する」
屋台ラーメン屋のそばを通りすぎる正男。
正男M「決めたんだ。さっちゃんが元気になったら、さっちゃんが元気になったら……」
○葬儀場 (50年前)
幸の遺影の前で喪服姿で立ち尽くす正男。
正男M「さっちゃんが元気になったら……」
○市役所・福祉課 (深夜・50年前)
暗いフロアで一人パソコン作業する正男、突然机にうずくまり、号泣する。
○葬儀場 (50年前・先程のシーン続き)
正男の肩を叩く人影。振り返ると幸の弟。
幸の弟「これ、ねえちゃんの部屋にあった」

幸の弟が手紙を差し出す。
そこには「正男さんへ」の文字。
○アパート・正男の部屋（50年前・夜）
眠る正男の頬に涙の跡。手には幸からの手紙。「好きでした」の文字が見える。
○同・同（1か月前）
正男（75）、布団からなんとか起き上がる。子供の声が聞こえカーテンを開ける。窓から公園で遊ぶ家族を見ている正男。
正男M「さっちゃん。ようやくここまできたよ。ずっと独身だったけど後悔はないんだ。君と過ごした時間、その一秒一秒をかみしめながらここまで歩いてきた」
○フラッシュバック
猫を見つめる幸やラーメンを食べる幸など、様々な幸の表情が浮かんでくる。
正男M「僕の人生で一番愛したのが、さっちゃんでした」
○アパート・正男の部屋
壁に「さっちゃん、好きです」の文字。
正男M「そっちに行くからちょっと待ってて」

雨の日に咲く

千葉　彩花

私達はいつも、雨の景色の中にいた。

静寂が包む図書室の外では、静かに雨が降っていて、微かな話し声ならば、きっと外に会話が漏れる事はないだろう。

雨音が、私達の声を消していく。まるで、雨に見守られているように思えた。

図書室で先輩に出会うまで、私は雨の日が嫌いだった。

朝に降る雨は、人を憂鬱にする。月曜日の朝に降る雨の場合は特に。自転車や徒歩で通勤・通学する人間にとって、朝からテンションが大きく下降する。

当時、私は家から学校まで約三キロメートルの距離を徒歩で通学していた。田舎故にバスの本数が極端に少なく、また車で送迎してくれる親もいない。

傘を差し、教科書やノートとお弁当を詰め込んだリュックを背負う。レインコートに長靴を履き、通い慣れた道を行く。学校に着いてもレインコートを脱いで水飛沫(しぶき)を落とし、ハンガーにかけて干しておいたり、風に煽られて髪や顔を濡らした雨の雫をロッカーに置いてあるタオルで拭き取ったりという地味に面倒な作業がある為、雨の日は決まっていつもより二十分程早く家を出ていた。

そうして先に述べた一連の作業を終えた後は、いつも図書室へと足を運んだ。

特別、読書が好きという方ではないけれど、ここはとても気に入っていた。一つ上の学年の先輩がいるからだ。まぁ、少し埃っぽい匂いがするのはご愛嬌だ。

「失礼します」

取り敢えず、形式的にそう言いながら図書室の扉を開けると、テーブルの上に長い足を投げ出して座る、先輩の姿があった。

「あ、やっぱり来た。雨女ちゃんだ」

先輩がまるでからかいがいのある玩具でも見つけたかのように目を輝かせながら足を下ろし、椅子から立ち上がって私の方へと近づいてくる。

先輩の澄んだ青い空を想起させる左目に私が映りこむくらいの至近距離まで近づいてきて、先輩は足を止めた。

先輩の左目の青を、とても綺麗だと思う。けれど、私はそれを口にはしない。

それにしても近い。近すぎる。この距離だと、流石(さすが)に意識してしまう。ドキドキという心臓の鼓動が先輩にまで聞こえてしまいそうで、気恥ずかしい。

「おはようございます」

先輩から視線を逸らし、後方に数歩下がりながら、さりげなく距離を取る。

「挨拶って、目を逸らしながらするもんだっけ？　まぁ、いいけどさ」

「すいません。あまりにも近かったので」

「あれ？　俺、もしかして嫌われてる？」

「嫌いだなんて一言も言ってないじゃないですか。勝手に私の気持ちを解釈して、決めつけないで下さい。全く、どうしてそうなるんですか？」

「だって君、俺と目を合わせてくれないし」

「それは……」

そう言い掛けて、言葉を飲みこんだ。私はただ時折、先輩を少し離れた所で見つめているだけで良かったのだ。楽しそうに本のページを捲る、その横顔を。

だから、こうして距離が近い時、言葉を交わす時は、いつだって緊張する。

「何？」

「いえ、何でもありません。気にしないで下さい」

「気にしないで、って言われたら、余計に気になるんだけど？」

先輩の声に、僅かに苛立ちが滲むのが判った。ドンッ、と図書室の扉が先輩の拳で強く叩かれ、悲鳴を上げる。ああ、これが世に言う扉ドンというやつかと考えながら、私は先輩を怒らせてしまった原因を探る。

「怒らせてしまったのなら謝罪します。すみませんでした」

「別に俺は怒っているわけじゃない。ただ、君が目を合わせてくれない理由を知りたいだけ。もしかして、左目の所為(せい)？　どうせ君も、この目が気味悪いと思っているんだろう？」

先輩はそう言ったきり、今度は沈黙する。この人は、私の中に誰を見ているのだろう？

「私、先輩の青い左目をそんな風に思った事は一度もありませんけど」

綺麗な先輩の青い目。それを、気味が悪いだなんて思った事はない。君も、という事はきっと過去、誰かにそう言われた経験があるのだろう。そして先輩は悪意ある言葉に苦しみ、今も尚、その言葉に囚われ続けている。

だから先輩は普段、右目と同じ色のカラーコンタクトを着用し、左目の青を隠している事を、私は知っていた。以前、たまたま廊下ですれ違った時は驚いたものだけれど、理解は出来た。コンタクトをつけずに過ごせばどうなるか、容易に想像がつく。

「嘘だ！」

図書室に先輩の悲痛な怒号が響く。

「嘘じゃないですよ」

「なら、証明できる？」

「証明と言われましても……」

人の心は可視化できないし、相手に見せられるものでもない。どうしたものかとしばし思考を巡らせる。

「ちょっと待っていて下さい。えーと、確かこの辺に……あ、ありました」

私は制服のポケットの中から小銭入れを取り出し、つけていたキーホルダーを外して先輩の眼前に翳した。

それは、先輩が修学旅行先の出雲大社で買ってきてくれた勾玉のお守りだった。

「さっき言った事が本心だと、この勾玉のキーホルダーと出雲の神様に誓いましょう」

「それって、俺があげたお守りじゃないか」

「そうですよ。これでもまだ、信じるには足りませんか?」

そう言うと、先輩は楽しそうに笑った。

「いや、君が真剣なのはよく判った。君の言葉を疑って、悪かった」

先輩は苦笑しながら私から離れ、くるりと軽やかに身を翻し、背を向ける。

「それじゃあ君は、この青い目をどう思っているのかな? 今度こそ怒らないから、是非とも聞かせて欲しいな」

「こんな憂鬱な雨の日でも、貴方の左目の青空は、決して曇る事がない。先輩は、目に空を持っていて……少し、羨ましい」

「羨ましい？　この目が？」

「ええ。たとえ、貴方のその目が見えていなくても。寧ろ、青空を映したような色で大好きです。こんな雨の日は、特に……その左目、見えていないでしょう？　火傷ですか？」

先輩がハッと息を呑む。

「どうして、気づいたの？」

「身内にいたんです。だから気づけた」

でも、見えていなかったと知ったのは、その身内が亡くなった後の事だった。

「気づかれたのも、この青が大好きだなんて、そんな風に言われたのも……初めてだ」

「そうですか？　もっと言われていても良さそうですけどね。綺麗だって」

「見せられないよ。君以外にはね。ほら、俺ってば意外と臆病だから」

「臆病とか、一体どの口が言うんですかね？　食堂へ早く向かう為に二階の教室の窓から飛び降りた人の台詞じゃありませんね」

「あー。あったね。そんな事」

「何、遠い昔みたいな雰囲気を醸し出して言ってるんですか。先週の事じゃないですか」

「流石ツッコミ職人。全部拾ってくれるね」

「誰がツッコミ職人ですか。全く」

「あはは。そういう所だよ」

先輩の笑顔と声は、どこか晴れ晴れとしていて。雨の音さえ消していく。私の中にあった靄（もや）も晴れて、先輩につられて笑う。

これは、私達と雨だけが知っている秘密。

雨の日に、一つの恋が笑顔と共に咲いた。

こまちねず

山下　真弓

「東京に降る雪はどんなかね」

あれから3年が経ったが、東京にはまだ雪が降らない。このままずっと東京には雪が降らないんじゃないかと思っていた。雪が降らなければ、僕は美浜（みはま）に連絡する用が無い。美浜も同じだ。ニュースで東京に大雪が降ったと知れば、きっと連絡してきてくれるだろう。今日も僕の隣には知らない女の子が裸で寝ている。僕の布団は裸で寝られるほど、温かいのに、外は随分寒いらしい。カーテンの隙間から、結露した窓が見える。

僕はベッドの下に落ちているリモコンを何とか見つけ出し、テレビをつけた。お天気お姉さんが、マフラーやら耳あてやら、たくさん防寒して東京が3年ぶりの大雪に見舞われると、一生懸命伝えている。

きっとこのお姉さんだって昨日の夜は、隣に寝ているこの子と同じ格好で誰かと布団の中にいたんじゃないのか。あんなところで、カメラの前に立って寒いだろうな。こっちはあったかいよ。心から同情した。

寝ていた知らない女の子が目を覚ました。こんな顔だったのか。

「今日は雪が降るみたいだから、早く帰ったほうがいいよ」

彼女は僕の『優しさ』に反応して「好き」と言ってキスをした。

早く降ってくれ。

僕はカーテンの隙間を閉じた。

東京に来てからずっとこんな感じだ。僕の入った大学は女の子を飲み会に誘うには、ちょうど良いらしく、東京中の女子大生と飲み会をしたような気がする。昨日も山手線の違う駅にある、同じ名前の居酒屋で飲んだ。それで目が覚めたら、あの子が僕の隣で裸で寝ていた。

今はまた、別の女の子が僕の隣で笑っている。カタカナの名前の女子大に通う、やたらと髪を触る女の子が面白おかしく話している。

彼女が言うには最高学府の男は「頭がいい」と言われるのが一番の快感らしい。

「試しに最中に耳元で囁いたら、速攻イっちゃってんの。あんな奴らが日本の中枢で働いてるんだから、日本は良くなるわけないよ」

と最後はお茶の間のおばさんみたいなことを付け足して、赤とオレンジの液体をかき混ぜて嬉しそうに飲んだ。

うちの大学の男が最高学府の男の悪口を聞いて喜ぶことを彼女はよく知っている。

「君の方が、頭がいいよ」

彼女は僕の『正しさ』に反応して「でしょ」

と言って僕の手にぺたりと触れた。やっぱり君は本当に頭がいいと思う。心の中で呟いた。


遠くの席で「やっべー、電車止まった」と叫ぶ男の声が聞こえた。同じ大学なのかも知らない。どうやら八王子から通っているらしい。東京で雪が降ると一番に中継される駅からやって来ているんだ。当たり前だろ。みんなに突っ込まれている。

きっと今日も電車が止まって帰れなくなった女の子が僕の隣で裸で寝るんだろう。

寒いのに裸で。

それでも、宿の見つからない奴や、実家から通う良い子は早めに帰ると言うので、珍しく夜の十時前にお開きになった。電車が止まったと叫んだ八王子の男は、必死で女の子を繋ぎ止めようとしていた。あんな奴が同じ大学だとは最高学府よりたちが悪い。

店を出ると、想像以上に雪が降っていた。傘を差す人の波が次々と目の前を通り過ぎて行く。さっきの頭のいい女の子は「どうしよう」と悩んで見せた。この子は地下鉄で帰れる場所に家があると言っていた。

「今日は帰った方がいいよ」

彼女は僕の言った「今日は」に安堵したのか素直に「またね」と言って、地下に消えて行った。


今日は東京に雪が降ったんだ。誰とも一緒にいたくは無かった。

振り返ると、まだ八王子が女の子を帰すまいと粘っている。あの男が振られれば、帰るところが無い。店の出口で僕の腕を掴み八王子が言った。

「ダメだったら、お前ん家、泊めてよ」

寝床を確保して女の子を口説いているんだ。

心底ダサい奴だ。保険である寝床の僕は、八王子が女の子を口説き落とすことを願った。

エスカレートしていく二人をビルの階段の奥に背負いながら、東京に降る雪を眺めていた。

いつもだったら行き交う人で埋まる歩道もまばらだ。シャーベット状の雪は、美浜と見た雪とは違ってすぐに灰色になってぐちゃっとして汚い。東京に雪が降ったと言うのに、僕のスマホに美浜からの連絡は無い。

スマホから目をあげると、東京の女の子がスーツ姿のおじさんに肩を抱かれて、一つの傘の中歩いていた。このおじさんも八王子か。

ぐちゃっ。

女の子が僕の前の雪を踏んだ。

美浜だ。

八王子のおじさんが必死に持ち帰ろうとしていた「東京の女の子」は間違いなく美浜だ。美浜は僕に気がついていた。

「東京の女の子」はゆっくりと僕から視線を外すと、八王子のおじさんにさらにしがみつくように灰色の雪の中に消えて行った。

「やめてっ」

背中から微かに女の子の悲鳴が聞こえた。振り返ると、もう一人の八王子が女の子の口を塞ぎ、覆いかぶさっていた。黒いタイツが下ろされ白い太腿が露わになっていた。僕は、八王子を女の子から引き剥がすと、歩道まで引き摺り出し灰色の雪の上に投げ捨てた。灰色の雪の中で八王子が必死で謝っている。声が遠くに聞こえる。僕の右手の骨が八王子の頬骨に、下顎に、こめかみに、ごっ、ごっ、と鈍い音を立ててぶつかった。八王子の声は次第に高くなり、泣き声に変わり、最後に鼻骨を感じたところで音が消えた。

灰色の雪に赤いしぶきが飛び散った。

僕の吐く白い息が煙のように視界を覆った。

「東京に降る雪はどんなかね」

僕の吐く息がだんだんと少なくなって、視界が開けた。ざわざわと人の声が聞こえ始めた。僕の足元にぐったりと横たわる男に東京の雪が降っている。

ぐちゃっ。

血しぶきの上を人が通り過ぎて行く。

美浜、東京に降る雪は、灰色に赤の混ざった「こまちねず」って色らしいよ。

庭に百日紅が

今井　晴夫

正午を二時間も過ぎた頃、男は東京郊外の駅に降りた。賑やかな駅前通りを横切って街道を横断し、或る家に行く路地に入り、うろ覚えの道を行く。電柱や家屋にある住所のプレートを時々凝視しながら、手には貰った手紙の住所を見ながらの歩みである。「駅まで迎えに行くから改札口で待っていて下さい」とのことであったが、気が急いて歩き始めたのである。

十五分も歩いただろうか、後期高齢者の足取りは重い。閑静な住宅地になった。すると、記憶の隅にある、肩の高さで、風化しかかった大谷石の塀垣があった。もっと長かったと思うが今はその半分ぐらいしかない。つるりとした木肌の百日紅が時季を忘れたかのように、まだ一本の枝先に薄紅色の花をたたえ、塀垣から顔を出していた。秋の澄んだ陽が一面に当たっている。

「どちらさんでしょうか？」

中年の女性が訝しそうに寄ってくる。お隣さんなのだろうか。煉瓦調のタイルを貼った二階建て住宅の玄関から勢い良く出てきた。

「あのー、お手紙を貰った今居ですが。桐野（とうの）さんでしょうか？」

「はい、そうです。桐野は母の姓です。私は遠藤と申します。母に言われて、お迎えに行こうと用意していたのですが、遅くなって済みませんでした」

「お待ちしないで、勝手に来てしまいました済みません。良かったです！　こちらだったんですね。お言葉に甘えて、お伺い致しました」

「こちらこそ。お待ち致していました。どうぞこちらに、どうぞ」

塀垣に続いた檜造りの透し門の格子戸へと案内した。記憶が正しければ、屋敷には昭和初期建築で二階建の、医院兼住宅の建物が建っているはずだが、そこには瀟洒な純和風の平家の住宅が建っていた。玄関の引違戸を開（あ）け、女性は式台に立ち、奥に向かって言った。

「お母さん！　お客さまをお連れ致しました」

「はあい、はい、いらっしゃったの？　まあ、お待ちしていました。遠い所を良くお出で下さいました」

　聞き覚えのある声がし、衣擦れの音がして、桐野鞠子（まりこ）が現れた。手を差しのべながら、座敷へと通し、床の間を背にした上座へと導いてくれた。十二畳半の部屋の真ん中の、一畳位はあるだろう飴色に光った欅の座卓の前に座った。暫くして娘が茶を運んできて、菊の形をした落雁を載せた漆塗りの小皿を置いた。

「粗茶ですが、どうぞ。私は娘の遠藤響子です。今居さんは昔、母の親友だったと聞いています。どうぞごゆっくりしていって下さい。私は、これで失礼致します。お母さん、私、向こうにいますから、用があったら呼んでね」

「あのーすみませんこれ、つまらない物ですがお土産です。笹団子で、田舎では名物と言っていますが……今朝、蒸かしたものです。どうか、お受け取り下さい」

「済みません。折角なので頂戴致します。お母さん後で頂きましょうね」

娘は丁寧に挨拶をして座敷を出て、渡り廊下から別棟へと行った。

土庇（どびさし）からの秋の低くなった陽が雪見障子に当たり、柔らかく畳にこぼれている。二人は無口になり、おのおのが茶を啜った。

濃紺で無地の紬織（つむぎおり）を仕立てた和服が似合っていて、列車内での洋服姿とは、また違った品の良さである。口を開いたのは鞠子であった。

「先日列車の中で、まさか今居さん、晴生（はるお）さんで良いわよね。晴生さんと会うなんて思わなかったわ。岡山駅で乗った時に席が隣になるなんてね」

二ヶ月前、山陽新幹線の列車の席で、たまたま隣り合わせていたのである。

「そうだったね。あの後、次の日、言われたように、西洋美術館で企画展の展示を見て、帰郷し、貰った名刺を改めて見たら、もしかして、あの時代の鞠子さんではないかと、日々思いを巡らしていたんです。そうこうしていたら、あなたからの手紙です」

「そして、こうして来てもらったのよね。私あれから会合に出席して、この家に泊まり、早朝また岡山に向かったの。そして定期検診の結果を聞きに病院にいったのね。思わしくなかったの、直腸が！　即日入院し、翌日、施術をしてもらったの。二十日間養生をして退院し、父の後を引き継いだ倉敷の画廊をたたんで、十日前に東京に帰って来たんです」

「大変だったんだね。術後はどうなんですか。大事にして下さい」

「有り難う、発見が早かったんで、大丈夫だそうです。でも、定期的に検査してもらうことにしたんです。あなたはどうだったんですか？」

「……潰瘍をね。でも今はどうにか元気にしています。直腸ねえ……、妻は直腸癌だったんです。診察してもらったら、もうステージ4だったんです。薬石の効なく五年目で逝ってしまいました。やめましょうね。病気の話は」

「そうね、そうしましょうね」と、立ち上がり「晴生さんこっちに来て陽に当たりましょうよ。まだ暖かいわ」

土庇の断熱アルミサッシと雪見障子戸を開き、足を出し二人列んで座った。

「良い日和だね。風が無いからね。新潟は、こうはいかないなあー」

「そうなの？　東京も朝晩は冷え込むけどね。晴生さん、あの木、覚えている？　百日紅。

あなたが最後に家に来たとき、父のアトリエの前の庭に植わっていたでしょう。私の背丈ぐらいだったよね。美大に入学した記念に父が植えたの。それが、こんなに大きくなって。あれ？　まだ咲いているのね。最近、気候がおかしいからかしら。家を建て替えたとき、ここに移植したのよ。前の家、古くなって十年前にアトリエの半分を残して、減築したの。土地の半分を娘一家に譲り、私だけがこちらに住んでいるの。食事は向こうで頂くんだけどね。一時は寂しかったけど、今は孫も二人になったしね」

　鞠子の祖父は医師で、父は後継を嫌い、日本画の画家だった。今居が鞠子に連れられて来たときは、両名とも存命であり、歓待してもらったことが思い出される。

「あの木がこんなに大きくなったんだ。成長が遅い木なのにね」

「晴生さん突然だけど『外郎売り』覚えている？　週二回の訓練日にいつも遅れてきて、晴生さんのを聞いたこと無いんだもの」

「覚えているさ。電車を降りて稽古場までの道すがら、練習していたんだ。『拙者親方と申すは、かたうちお立会の中に、御存じのお方もござりましょうが、お江戸を立って二十里上方、相州小田原一色町をお過ぎなされて……』から始まり『親も嘉兵衛子も嘉兵衛、親かへい子かへい、子嘉兵衛親嘉兵衛……』と続き『息せい引っ張り、東方世界の薬の元締め、薬師如来も照覧あれと、ホホ敬って外郎はいらっしゃりませぬか』で終わる。どんなに早く喋っても、六分以上掛かったよね。それから腹式呼吸の発声練習が続いた。言い訳になるけど、建築現場の仕事が五時過ぎに終わり、汚れた体を水で洗い着替えて、電車が五十分もかかるので、六時に遅刻してしまうんだ。いつも快く、柔軟体操などで相手をしてくれたんだよね。汗臭かったんではなかったかと、いつもヒヤヒヤしていたんだ」

「そんなこと気にしていたの、どうってことないわ。石鹸の匂いがしていたように思うよ。それより組み体操の時、しっかり手を握ってくれなかったんだもの、危ないわよー」

彼女は真顔になって言い、どちらからとはなく、二度、手を握り締め、二度握り返すことが習慣になっていた仕草を思い出し、互いの手に触れた。

「今もそうなんだけど、女の人、意識してか、苦手なんだ。だから良い感情を与えられないのかなあ」

「女だって十人十色なのよ。少なくても私はそうでなかった。晴生さんには都会の男に無い？……ところが好きだったの。優しいところもね、私のことをどう思っていたの？」

鞠子の目は真剣で「答えを早く！」と言っているようだ。

「好き！　好きだったんです。公演が近くなると遅くなり、稽古場からここまで急いでも三十何分もかかったけど、歩いて送ったことが何回もあったよね。今日は思い切って言ってみようと思った日に、あなたが家まで連れて行ってくれて、お父様とお母様に紹介してくれました。その人柄や家柄などを知り、建築現場で黒くなって働き、学校は出たと言っても定時制の工業高校で、何を血迷ったか、思いつきで演劇などを始めてと、身分の違いを思い知らされました。現在そんなこと言ったら笑われますが、当時は田舎者の僻みでしょうかね、そう思ったんです」

「そうだったの、わからなかったわ。そうよ。だって、はっきり言ってくれないんだもの。だから、こうやって逢ってもらっているんです。引きずっているんです。あの時、ずうっと待っていたんです。消えるようにして、退団して終うんだもの。どうしようもなかったの、どうしようも……」

「劇団には現住所しか言っていなかったしね。田舎に不幸があって、帰郷を余儀なくされたんだ。それと、劇団内で二人のことが噂になり始めていたしね。本当に悪かった。僕の所為で気を煩わせていたなんて、どう言って良いか。誠に済まなかった」

「もういいの、いいのよ。こうして逢えたし、あなたの気持ちも解ったし。良い想い出よね。すっきりしたわ。これからが大切なのよね。また来てね。晴生さんの田舎にも行ってみたいなあー」

「あなたに描いてもらったペン画、公演の時の衣装を着ている姿、図面ケースにしまってあるんだ、大切にね。帰ったら出してみようかな。時々見ているんだけど。それと、田舎ではもうすぐ綺麗な紅葉が始まり、小高い丘全体が紅く染まり、大勢の人が見物に来て賑わうんだ。画家のあなたには良い画題となると思うよ。是非見て欲しいんだ。迎えに来るから。ね」

「是非、行ってみたい。描いてみたいわあ。そう、あなたにイーゼルを担いでもらってね。手をつないだりしてね」

頭を縦に振り、頷くように、来し方と行く末を確認しているようであった。

鞠子は一人娘が結婚をしたのを機に、協議離婚を十年前にしていたのだと、銀色に光る薬指の細い指輪を外し、見つめながら膝に置いた。遠くを見つめるように経緯をかいつまんで聞かしてくれた。

「お母さん？　あ、そっちに居たの、もう寒いわよ。こっちに来たら、エアコン点けるわね。コーヒー持ってきたんだけど、ここに置くわね。さめないうちにどうぞ……」

五十年の空白を埋めるように、二人は楽しい語らいを時間を忘れて続けた。

陽は落ち、電灯の明かりが、増したように思われる時間となった。響子さんが作ってくれた夕食を二人で食べながら、公演旅行で行った、町や村の話や出来事までに及んだ。互いに久し振りの楽しい一時を過ごした。アトリエの隣に客間があるので「泊まって、明日帰ったら」と母娘で言うのを仕事があるのでと丁寧に断り、帰路につくため、荻窪駅へと向かった。街道まで来て振り向くと、遠く門の前で鞠子さんが態を構わず肘を出し手を振っている。その姿は晩景に優しく包まれているようである。慕わしい思いを振り切るように、踵を返し、急ぎ足で駅に向かった。

さよなら、カスタネット同盟

星　堕位置

大学の文芸同人クラブで僕たちは出会う。文芸オタクの集まりみたいなところに、ぽんと飛び込んできた後輩が、彼女だった。これまでの活動は、夜中集まって酒を交わしながら、ローソクの灯を見つめつつ、文学談義なんていうメンバーが突然、色気づいた。

そのタイミングで出した文芸誌の内容が当時の僕たちの心境を物語っている。八木君は「エレナ」というロシアの美少女（都合良く日本に留学中の）との恋愛ものを書きだした。中原君は、なんだか同じような表現を使って、こちらは家出少女が突然、「私」の元へ舞い込む「ナナ」という作品を。（たぶん、二人は一緒に飲みながら書いたに違いない。）三橋君は、「ロードムービー」というタイトルの作品で、こちらは青春時代を過ぎた仲間たちが一堂に会して思い出話を始めるという、先の二人とは毛色の違う作品かと思いきや、その思い出話の中で、一人のヒロインが実はその中の数人と関係を持っていたという、結局、同じたぐいの小説だった。なんて、自分は違うみたいな書き方をしてしまったが、僕もやっぱり恋愛話を書いてしまって、その号は「恋愛特集号」とでも名付けたい内容になってしまった。誰もが、彼女に恋をしてしまったのだ。彼女は、小説を書かなかった。「私は読むのが、専門で」と言い切り、夜の集まりには参加するが、酒は飲まずに、真面目に文学について論じるので、実は文学のことを真剣に考えていなかった僕は、目の前にいる彼女をまじまじと見て、「こういう人のことを文学少女というに違いない」と考えた。

次の号——本当は僕たちの雑誌は毎月出したりしていなかったが、急に皆の筆がのりはじめたのだ——はなんと次の月に出た。誰もが、前回の小説の続きを書いていたが、それはほとんど、公開ラブレターみたいになっていて、揃いも揃って、主人公たちがヒロインに告白をするという内容になっていた。そして、それは九月だったのだけれど、その月、妙に夜の集まりが少なかったことを覚えている。やれゼミの方が忙しいとか、バイトのシフトがうんぬん、いろいろあったけれど、僕はあの月、みんなの中で起きていたことがなんとなく分かる。あの時、みんな、小説の主人公になっていたのだった。

酒井君は、ギターを弾き始めた。中原君はボクシングを始めてしまった。北澤君はカメラを手にとり、橋本君はダイエットを始めた。なんと三橋君はズンバを習い出したのである。現実と小説の境界が消えてしまった。次の月、つまり一九九七年の十月のことだけれど、あの月に出した同人誌、八木君の小説「エレナ」では、エレナが実は難病を患っていて、という急展開になった。中原君の「ナナ」は、ご両親がやってきて、「私」は殴りつけられ、警察には届けないが、二度と娘に近付くなと怒鳴られ、三橋君の「ロードムービー」では、集まった仲間の中で、主人公だけがヒロインと関係を持っていなかったことを知り、主人公は一人、強い酒をあおるのだった。それは、きっと三橋君が本当にとった行動だったのだろうと思う。八木君も中原君も三橋君も、僕らのヒロインにそれぞれアタックを掛け、撃沈していたのだった。僕は「カスタネット同盟」という小説を書いていた。それは、楽器を弾けない大学の仲間たちが「カスタネット同盟」というバンドを作り、その中の「僕」がボーカルに想いを打ち明けるという小説であった。こうして書くだけで、顔が赤くなるのを覚える。よくも、そういうものを小さな大学の構内とはいえ、配っていたものだ。「僕」は歌を作る。楽器も弾けないのに、鼻歌でメロディを考え、ボーカルに歌ってほしいと頼む。でも、その歌の内容がプロポーズになっている。ボーカルは、それに気が付いて、二人は付き合うことになる。二人はデートを重ねる。映画に行く。遊園地に行く。絵に描いたような恋愛模様だ。

僕はそういう内容の小説を延々と大学卒業まで書き続けた。八木君も中原君も三橋君も、いつの間にか、小説の中の登場人物となり、「僕」の恋愛を支えてくれる親友であったり、ライブハウスのオーナーであったり、レコード会社のスカウトマンになったりした。

現実の僕は、主人公と同じように楽器は何一つ弾けなかったが、小説の中の「僕」はボーカルの彼女のために、懸命にギターを練習し、かなりの腕前になるのだった。

月日が流れ、一九九九年の二月、僕たちは最後の同人誌を出す。もう皆、就職が決まっていた。メンバーのうちでは三橋君だけが留年し、その町に残ることになっていた。彼女はまだ二年生が終わったところで、あと二年大学生活が残っている。僕も故郷の企業に就職が決まっていた。「カスタネット同盟」も連載終了になるはずだった。ギターのうまくなった僕だが、やはり音楽で生きていくことは難しかった。一方、ボーカルの歌声は、その世界で生きていくのに十分な素質を備えていたのである。

卒業式直前に、僕の前に、ヒロインと三橋君が来た。

「おまえの小説、面白かったよ」

「嘘をつけ」

「それで良かったら、あの同人誌はこれからも発行していくつもりだし、良かったらあの小説の続き、俺が書いてもいいかな」

と三橋君が言う。僕は、それを言葉通りにとらえてしまい、

「なんで、あんな小説のどこがいいんだよ、自分の小説書いた方がいいじゃないか」

と言っている、僕の前で彼女が真っ赤になって、僕と三橋君を見つめているのに気付き、その瞬間に僕はすべてを悟った。

小説の中の主人公たちがその後、どうなったかは知らない。遠く離れてしまった僕の元へ、今でも三橋君達から年賀状だけは届く。僕の「カスタネット同盟」は終わってしまった。

アケノミョウジョウ

杉咲　佳穂

「『アケノミョウジョウ』って何？」

幼い私の問いかけに祖母は空を見上げた。指差した早朝の空には一番星が輝いていた。

私が思い出す祖父は、グレーで無表情で、いつもこちらをジッと見つめている。それは、神棚の上に飾られた1枚の顔写真だ。

仕方が無いのだ。祖父は、私が生まれるずっと前、ポンポンに乗っていて果物屋の車にはねられて死んでしまったから。会った事がないのだ。

ちなみにポンポンとは、昭和21年頃発売された補助エンジン付き自転車の事で、今で言うオートバイや原付の事だ。遠州地方で昔は、そのような愛称で呼ばれていた。祖母がポンポンと言っていたので、私は長いこと、そういう名前の乗り物だと思っていた。

何年かは命日に加害者の果物屋が、当時は高級品だったバナナを持って訪れて来たそうだ。いつからか来なくなっただよねぇ、と祖母は言っていた。バナナは昔、今で言うメロンのような高級品だったという事を、私は、この祖父の事故の話で知った。

写真の祖父は顎が細くツルリとした今で言う草食系の顔で、冗談とか言わなそうなタイプに見える。ガハハと笑いそうも無い感じがするが、人は見た目によらないかも。祖父と生きる時間をすれ違った私は、たびたび写真の祖父と睨めっこしながら、どんな人か想像していた事を思い出す。

祖父の事は、祖母は、あまり話さなかった。もしかしたら想い出すのが辛かったのかもしれない。

大人になってから父に聞いてみると、オヤジは大人しい人だったと言った。対して祖母は、女学校で級長を務めていた事が自慢の前に出るタイプで、お喋り。近所のシニア衆から「ねぇさん」と呼ばれていた祖母は、もし私が男なら、ごめんこうむりたいほど気が強くて厳しい人だったので、祖父は尻に敷かれていたかもしれない。それとも、そんな祖母をも包み込むほど大らかな人だっただろうか。

おそらくは大人しく優しい祖父と、気が強い祖母。当時の結婚としては普遍的な見合いで結婚したと言っていたが、二人は上手くいっていたのだろう。父を含め4人の子供に恵まれた。

そんな祖父は戦中、陸軍の兵隊として満州に行っていた事があったのだそうだ。戦前は牛を飼い、のんびり牛乳屋を営んでいたという祖父が戦力になったとは思えないので、たいした役職にはついていなかったと思うが、それが幸いしたのか終戦後、無事に日本に帰って来る事が出来た。

せっかく生きて帰ってきたのに、まさか平和になった日本で、事故で命を落とす事になるとは思いもしなかったろう。ポンポンを手に入れて喜んでいたと父に聞いたが、浮かれすぎだったんじゃないか、おじいちゃん。おかげで私に会えなかったよ。実は、お調子者で、うかつな人だったのかなぁと思ってみる。祖母は再婚しなかった。

祖父の人柄は、想像すれば想像するほど一貫性が無くなり、どんな人なのか、いまひとつ分からなくなっていった。とはいえ誰から見ても同じに見える人間はいない。一面だけしか無い人間などいないという事なのだろう。

おばあちゃん子で、祖母と寝起きを共にしていた私は、早朝、祖母と畑に行く準備をしながらアケノミョウジョウの話を聞いた。祖母も空を見上げて、ふと思い出したのだろう。日本と満州。引き裂かれた夫婦は、そうして寂しさや苦しさを一時、紛らわしたのかもしれない。満州の早朝の空を見上げて、祖父は妻を想った。そして妻にあてた手紙に、こう書いて送った。

「空を見上げれば、同じ明けの明星が見える」

それを聞いた時、私は祖父について、これだけは確かだろうと思った。
私の祖父は、きっと、ロマンチストだ。

蛙化現象の私　一生付き合えない恋愛

美月

カエル化現象というものを知っていますか?

それはとても厄介で、いや、厄介という言葉だけでは表しきれないもはや恋の病のこと。

私もその病にかかっているひとり。

いまや日本人女性の7割が経験していると言われているこの蛙化現象、最近では男性もその現象に悩まされているという。

ただ単純に簡単に説明すると、好意を寄せていた相手が振り向いてくれると好きだった感情が一切なくなり、相手のことを気持ち悪く感じてしまうという現象のこと。


分かっているんです。

自分勝手すぎることも、理解してもらえないことも。

それを周りから『たいして好きじゃなかったんだよ』『そんな贅沢ある？』と言われることももう慣れてしまった。

そうじゃない。どうしようもない。

自分でも嫌になる。あんなに好きだったのに。せっかく振り向いたのに、とどこかで思う自分もいる気がする。でも仕方がない。気持ち悪いと思ってしまう。

それが蛙化現象。

そんな私は蛙化現象を『蛙化症候群』と呼んでいる。現象というにはあまりに軽すぎる気がするから。

私が最初にこの蛙化現象を実感したのは高2の時だった。

同じバイト先で素敵だと思う人がいて、家まで送ってもらったりみんなで遊びにも出かけたりした。家までの帰り道、お互いの理想の結婚生活を語った。だんだんと好きになった。そしてその日はやってきた。

告白をされた。彼は私の理想の結婚生活をしよう、と。その時5分前までの感情が消えた。

違う、一瞬にして180度変わったのだ。

好きになってほしかったのに振り向いてほしかったのに、今は違う。できることなら嫌いになってほしかった。

『どうして私のことが？　気持ち悪い。』

全部全部私が悪い、だって好きな気持ちは伝わっていたはず。

その時、その瞬間は本気で彼と楽しい結婚生活を送れたらと思っていたから。好きだったのだから。


それが最初だった。きっとこの感情はなった者にしか一生理解できないと思っている。


それからの恋愛もそうだった。

気になる人ができたから素敵な人だと思ったから夏の花火に誘った。私は急いで浴衣を購入して友達に着付けてもらった。ワクワクドキドキしながらデートをした。


でもたどり着く先は同じ。

思わせぶりな女と散々思われただろう。

好きな人ができて、付き合って幸せになる。当たり前のような事が私には難しい。

蛙化症候群の私には片思いが一番幸せな時間になった。

でもその気持ちは相手には告げられない。そういう恋しかないのだ。

誰かと幸せを分け合って生活したい。けっして交際嫌悪があるわけではない。

むしろ世界中の誰より幸せになりたいと思っている。


蛙化現象がそもそもどうして蛙化現象なのか気になった人は少なくないと思う。どうして蛙なのか私も気になって調べた事がある。

由来はカエルの王子様からきているらしい。

カエルの王子様は気持ち悪いカエルが実は王子様だった、王子様化する話だが蛙化現象は王子様に見えていた素敵な人が気持ち悪くなってしまうからついた名前らしい。


蛙化症候群の女の子だって、恋をする。

好きな人と一緒に笑い合う未来を想像するし、幸せになりたいと願いもする。こんな私が嫌いだしはたまたどうして蛙化症候群になってしまったのかとも考えるし何よりコレはいつ治るのかとも悩んでいる。

片思いが幸せだと思えてもやっぱりできることなら両思いになって幸せに笑い合うのがこの上ない一番だ。

この切なすぎる症候群のエンディングを一刻も早く終えたいとおもっていた。でもなんだかそうしているうちに誰かを好きになることに臆病でいる自分に気づいた。

そうしてふとああそうか。好きな人じゃなくて最初から私を好いてくれる人と付き合えばいいのだと思った。そうしてみた。順序が変われば蛙化症候群もでてこないのではないかと。でも好きになれなかった。それじゃあ付き合ってる意味がない。ひとつ経験を経て、そして私はまた元に戻った。

誰かを好きになるのをどこかでセーブしてる私に。

蛙化現象になる理由は様々だといわれている。

私が唯一何となく当てはまるものがある。いままで理想のひとは？　と言われたらかっこよくて性格も優しくて素敵なひと。と答えていた。多分これだ。好きな人は理想のひと。完璧なひと。そんな人が私を好きだという事実を知って何となくがっかりしてしまう。私は自己嫌悪はないと自覚しているが、簡単に言えば、私にはスターのようなひとが私を好きなんて大した事無かったんだなと思ってしまう。

理想のひとは理想のままでいてほしい、結局は私のわがままだ。正確ではないがこれが私が蛙化症候群になった理由だと思う。

自分でも意味がわからない。一生手の届かないスターに恋しろと言われたら返す言葉がないくらいだ。自分は二重人格なのではと疑ったこともある。

でもそれも含めて蛙化現象なのだ。
自分のことなのに自分が一番わからない。

自分に呆れては、また呆れて。
私はまだこの穴から抜け出せずにいる。

誰かこの魔法を解いてほしい、かの有名な白雪姫みたいに。
お互いを想い合う恋愛をしてみたい、恋愛ドラマの主人公みたいに。

もう一度

硝子細工

「ゆい」私を呼ぶ少しかすれた優しい声。もう一度聞きたい。私の世界から音がなくなってしまう前に。もう一度だけ。

貴方の存在を知ったのは、高校二年の夏。演劇部が練習している時、裏方担当。音声や照明の調整をしていた。指示を出す柔らかな声。ふと見ると、貴方がいた。

その日から、廊下ですれちがったり、校庭で見かけると、嬉しくて一日がいい日になった。友達が呼んでいるのを聞いて『佐々木和史』ってわかった。心の中で『和史君』って繰り返す。

高三のクラス替えで奇跡が起きた。まさか、同じクラスになれるなんて！　神様、仏様、みんなありがとう！　理系に進まなくて正解。ギリギリで迷ったのは、神様のお告げだったんだ。

そして、何度目かの席替えで、前後ろになって、和史君の背中を独占状態。銀色の時計。薄茶の前髪をかき上げる時、ちょっぴり遠くを見る癖。小さな発見をする一時。たまらなく幸せだった。

そんな頃、後ろを振り向いて

「こんなこと聞いていいのかな。白石って、最近、体育見学してるだろ。どっか悪い？」

「え⁉　あ。あの。生まれつきみたいなんだけど、背骨と腰に問題があるらしくって。運動によっては、負荷に耐えられないんだって。だから、マラソンは見学」

「そっか。変なこと聞いてごめんな」

話の内容はともかく、私のこと気にしてくれてる？　嬉しい‼

でも、和史君には彼女がいる。細くて白い腕でお揃いのカバンを抱えて、いつも一緒に帰って行く。まっすぐ伸びた髪。『かずくん』って呼ぶ可愛い声。

気づくと、秋。進路希望表をまた書かなくちゃならない。ここんとこ成績落ちてるから、第一希望無理かな。和史君はどこ受けるんだろ？　頭いいもんな。

「白石って、どこ受けるの？」

「あたし？　最近危なそうだけど、一応Ｓ大」

「マジ⁉　俺も。学部は？　俺、法学部。こう見えて、世のため人のために働きたいんだよね。目指すは人情派の弁護士」

「そうなんだ。私は文学部。翻訳家になりたいんだ。綺麗な絵本を訳して、ちっちゃな子達に読んでもらうのが夢」

「すごいな、それ。叶うといいよな。どっちの夢も」

そうとなれば、頑張るしかない。同じ大学に入るしかない。もはや、プチストーカー。

俄然、張り切って迎えた結果発表。

嘘⁉　合格。

そして、嘘⁉　和史君が落ちるなんて。

「いやぁ。やっちゃったな。浪人か。おめでとう、白石。来年、後輩になるからさ」

一年後。S大で再会。

「実はさ、合格したら言おうと思ってたんだ。白石って頭いいけど、どっかほうっておけないっていうか、守りたくなるっていうか。身体弱いのもあるかな。つまり、俺と一緒にいてくれない？」

「え？　佐々木君、彼女は？」

「あぁ。浪人したっていうのもあるし。俺、高三の頃から白石のこと気になってて、どっか上の空だったんだよな。で、別れた。こんな奴、やっぱりダメ？」

嬉しすぎて、ボロボロ泣き始めたら、もう止まらなくって。和史君は、驚いてオロオロするし。なんて優しい時間。

それからは、次々と想い出ができていった。

「秋の始まりって知ってる？」

突然、聞く和史。

「立秋とかじゃないよね？」

「それ、あまりにも情緒ない」

「じゃあ、涼しくなってきて、本を読みたくなるとか？　食べ物が美味しく感じられるとか？」

「そうじゃなくって。唯は笑える。ちょっと、周りの香りを感じてみて」

「香り？　あ、なんか甘い。何、これ？」

「金木犀。小さなお菓子みたいなオレンジ色の花。この香りが風にのって感じられると、秋だなって思うんだ」

「和史って詩人だね」

ポカンとしながら言う私を軽くこづいて抱きしめてくれた。

そして、初めてのキス。

二人で迎えるクリスマス。ジッポのライターを渡すと、

「やっぱり、唯は笑える。禁煙してって言ってるのにライター贈る？」

「あ！　そうだよね。でも、ライター使ってる時の和史が好きだから」って、何言ってる

の。恥ずかしい。

「ありがと。大事にするよ。で、これが俺からのプレゼント」

「嘘⁉　指輪？」

「二十歳の誕生日に金の指輪をもらうと幸せになれるって聞いたことあるんだ。唯、十二月生まれだろ？　だから」

ダメだ。嬉しすぎる。また、涙が止まらない。一緒にいられるだけで十分すぎるのに。

そして、二人で迎える初めての朝。和史の温もりで溶けてしまいそうだった。ずっと続けばいい。

でも、そんなに上手くいかないよね。私が就職をして、しばらくしたら、和史の就活。ちょっとしたことに、いらいらし始めて。

「唯には俺の気持ちわかるわけないから。職場の人と上手くやってて、楽しそうで。俺、めっちゃ焦るし。親父には兄貴と比べられてばっかで」

どうすればいい？　何ができる？

「唯。しばらく一人にしてくれるかな？」

「それって、別れるってこと？」

「そうじゃなくって。否、それでいい。俺、正直疲れたんだ。唯の彼氏でいることに。しっかりしてないとって。プレッシャーばっかで。家にいても、兄貴と比べられて。唯、俺なんかいなくて大丈夫だろ？　一緒にいるようになってわかった。強いもんな。守られてたのは、俺の方だ。かっこ悪」

「かずふみ」

「ジェームズ・ディーンの『エデンの東』って知ってる？　まるで我が家の話。いつかさ、この映画が上映されたら、俺達また会おう。どっかでタイミング間違えたんだ」

見ていられない。いつも、そばにいて笑わせてくれていたのに。私のこと『悲しがり屋』って言って、抱きしめてくれていたのに。ごめんね、気づけなくって。ごめん。

それから五年。私は心因性の難聴に。どんどん遠ざかる音。治療は困難。手話を勧められて、始まった教室通い。文化センターの一角。いつもの掲示板。習慣になった美術館情報チェック。そこに、『エデンの東』のポスター。二月十日から一週間上映。和史の誕生日から？　これって、行くしかない⁉　一日中ここで待ってみる？　まだ、少し聞こえるんだから。

二月十日。朝十時。鏡の前で何度もチェック。シンプルな金の指輪を薬指にはめて出発！　会えなければ、きっぱり忘れる。絶対に忘れてみせる‼

ダメだ。心臓が口から出そう。無理。落ち着けない。もうすぐ、本日二度めの上映開始。

「あ！　ごめんなさい」

ぼーっとしてたから、人が来たの気づいてなかった。買ったばかりの珈琲こぼしちゃった。

「大丈夫ですか？　人を探していて」

この声。少しかすれた優しい声。

何もかもが止まってしまったみたい。

「ゆ……い？」

聞こえる。私を呼ぶ貴方の声が。

声に恋して

菱間　まさみ

　窓ガラスに点線となって雨が足跡を残す土曜日の朝。こんな広告を兄が目の前に差し出した。下の方には地図も載っている。大きな文字だけ拾い読みした。そこは、自分の声を録音し預かってくれる所らしい。有名人が預けた声は買うこともできるという。

「ちょっと試しに覗いてきて」

「どうしてこんな場所に？」

「悪いけどなるべく早めに頼むよ」

　有無を言わせぬ一方的な頼み方に内心いらつく。窓ガラスに忙しく踊り始めたしずくを見ると気が重かった。

　月曜日。寝る前に仕方なくセットした目覚ましがなった。階段を下りてリビングを行くと、テーブルにはあの広告と「よろしく頼むよ」と斜め書きされたメモが置かれていた。

都心へ向かう電車を乗り継ぎ、一時間程で目的地の駅に着いた。たどり着いたのはレンガ造りのわりと信用できそうな建物。癒し系のマッサージ店のように、一階の奥の方でこぢんまり営業していた。知る人ぞ知るといった所のようだ。

「声の銀行」と書かれた横書きの看板。

「当店のご利用は初めてでいらっしゃいますか？」

すぐに振り向きたくなるフローラル系の声。同性でもうっとりする、Ａクラスの声優さんのような話し方だ。

「よろしければ、システムのご説明を致しますので、こちらのブースへどうぞ」

ここは店員さんの「声」にまでこだわっているのか。何でも言うことを聞いてしまいそうだ。言われるがまま後をついていった。

「具体的にお話ししますね」

それによると、まず預けられる声は本人に限る。暗証番号を知っている者なら引き出し可能だ。例えば三十代の女性からの依頼。恋人と二人で来て、それぞれ声を録音して預ける。お互い暗証番号を教えあったが、その後彼女はふられてしまった。彼のことを忘れられない彼女は後日来店し、預けておいた元恋人の声を引き出す。申込用紙に、録音してほしい内容を記入する。

「君の切れ長の目とはにかみ笑いと、必要以上に優しいところが大好きだよ」

そうすると機械が元恋人の声そっくりに話してくれる。これを入れたメモリーとＣＤを受け取る。録音した内容はヘッドホンで確認できるそうだ。もっと優しくとか、もう少しゆっくりなど細かい微調整もできるという。ここまで五千円だ。

帰宅して兄に説明する。

「よし、父さんを連れて行くぞ」

何かを確信したかのようだった。父は少し前に余命宣告を受けていた。確かにそこに預ければ、いつでも家族が引き出して声を聞くことができる。幸いにもまだこの時、父は話すことも動くこともできたのだった。父の声は耳心地の良いやわらかい響きだった。聞いているだけで安心できて家族の中で一番好きな声だ。

「声の銀行？　聞いたことないわ……」

一応母にも暗証番号を伝えた。

そして今年最後のカレンダーをめくる。父の入院が決まった。もうこの家に父が戻って来られないことを、言葉にしなくとも皆わかっていた。

一ヵ月ほど入院は続き、母は毎日のように病院と家を行き来した。母も無理がきかない年代だ。体にもこたえるだろう。父はまだかすかに言葉を話せる。

数日後。私も一緒に病院へ行った。父はもう、ほとんど話せなくなっていた。うっすら死の覚悟はできているだろう。削りすぎた鉛筆みたいにすぼんでしまったその指先を、母はいつものように優しくさすって、暖かく包み込んでいた。

「お父さん、いつまでも一緒ですよ」

母は芯までとろとろに優しい人であった。父は目を閉じてうなずいていた。

二日後。父の容態を心配して叔母がお見舞いに来てくれた。

「男の人が奥さんに先立たれると、一気に気落ちして、時には後を追うようにすぐ死んじゃったりするのよ。兄さんが先でよかったかもしれないわ」

それから一週間後の朝。階段を下りていくと、いつものようにキッチンの方から味噌汁の匂いがしてくる。だがそこにいつもの母の後ろ姿はなかった。視線を下げると、コンロのすぐそばで母が倒れていた。

「お兄ちゃん！　早く来て！」

そしてもう二度と……母の優しい目を見ることはできなくなった。「心筋梗塞」だと告げられた。

父のことばかり気にかけていて、すっかり母を後回しにしていた。自分を責めた。何度も何度も……できることなら朝からまた一日をやり直したい。あと十分早く目が覚めていたら……ひとまず家に戻ると、父の椅子が真っ先に目にはいった。そして悩んだ。知らせるべきか……

つい最近、叔母から聞いた話が頭をよぎった。もし知らせれば、ショックで瞬く間に容態が悪くなってしまうだろう。気力も尽きて、余命をさらに短くしてしまうに違いない。もう退院できないこともわかっている。だが、毎日のように、病院に通っていた母の姿が見えなくなれば、遅かれ早かれ父も気がつくはずだ。そんな時、あの「声の銀行」から母あてにカードが届いた。生前に母が自分の声を録音していたことがわかった。それも、ほんの一週間前のことだ。

「お母さんったら、いつの間に……」

兄はしばし、目を強く閉じてうつむく。

「おい、行くぞ！」

母の暗証番号はいつも決まっていたので、手続きも困ることはなかった。

録音内容は、何パターンか兄が考えてくれていた。父が不審に思わないよう、すぐその足で私は病院へ急いだ。あとは打ち合わせ通りだ。父に電話を渡す。電話口で兄が、母の声を録音したＣＤをタイミングよく流す。

「ちょっと風邪をひいたみたいなの。治るまでは電話で許してくださいね……」

という内容だ。私は感づかれていないか、ちょっと心配だった。もう父はあまり言葉を話せなかった。ただその声を聴いて、父はゆっくり頷いていた。母の声が終わると、電話を私にそっと渡した。思わずその手を両手で受け止めた。父に伝えたいことと、伝えてはいけないことが同じなのだ。もうそんな葛藤も許されないのだが。そんな片道電話が父の唯一の日課なのだ。母の代役の私が来るのが当たり前の幸せになっている。

「寒くなってきたけど、風邪が治ったらまた、手を温めに行きますね」

それが最後の録音電話だった。父の目がほんのり赤く見えた。

翌日。父は母の元へと静かに旅立った。

父の死を覚悟していた兄と私だったが、それでも声を出して泣いた。心の真ん中に空いた大きなスペースを、時間をかけて埋めていかなければならない。たたみかけるように背負った喪失感。しばらく自分の人生を休憩させてあげたかった。

「お父さん、今頃天国でお母さんが待っていて、びっくりしてるかな……」

病院から父の荷物を引き上げると、鞄の中から、私たちに宛てた手紙が出てきた。

「長い間心配かけたね。そろそろ旅立つ時がきたようだな……母さんからの電話、ありがとう。最後の親孝行なのかね。天国ではきっと、優しい母さんが先に待っているんだね……」

クレオパトラの夢

水越　翔

　断崖から零れ落ちそうにひきめしあう積み木細工のような白い家々と、崖下に拡がる紺碧の海が絵柄になっていた。

　仙台市内の高校の歴史の教師である卓巳(たくみ)は、授業の下調べに集中できず。再び加南子(かなこ)からの絵葉書を手にして読み始めた。


――今日、着きました。私にとっては二度目のエーゲ海、サントリーニ島のフィラの街。宿泊は――パノラマホテル――

ホテルというよりは、キッチンとリビングがあり、まるで自分の部屋にいるような心持です。テラスの白いテーブルの上で、この絵葉書を書いています。ここには予定どおり二週間ほど滞在するつもりです。

それよりも——俺とくらさないか？
あれはプロポーズなの？
あんなにぶっきらぼうで、そして、唐突に。女はプロポーズに憧れているものなのよ。
こちらでこれからの事、じっくり考えてみます。四月の上旬には仙台に帰ります。

草々

加南子は旅行記などを手がけるフリーライターだ。卓巳とは仙台の同じ大学でジャズ研究会の仲間だった。卒業後も付き合っていた。

その加南子は一年前に取材したイタリアのエーゲ海に魅了され、もう一度訪れたい、と口にし、それを実現したのだった。

——よし、俺もサントリーニ島へ行こう。卓巳はそう決心した。

卓巳がチェックインしたのは、フィラの街アレッサ・ホテル。中央のプールを取り巻く花弁はブーゲンビリア。沖の潮鳴りが這い上がってきた。夕闇が迫ってきた。

石畳みの路地がまるで迷路のようで、坂道の登り降りで、ふっと息を整えた。

加南子の宿泊している——パノラマホテル——の場所はこのフィラの街に着いたときに確かめてあった。そのパノラマホテルの門構えが、眼と鼻の先にあった。

卓巳はフロントの前に立った。フロントマンが笑顔で迎え入れてくれた。卓巳も少し口元を緩め、一枚のメモを手渡した。飛行機のなかでイタリア語の会話のテキストで紡ぎだした文字が綴られていた。

――私の恋人がこのホテルに滞在しています。加南子という日本人です。私は彼女にプロポーズしにここに来ました。しかし彼女はそのことを知りません。このホテルにピアノがあるならディナーの時に私にある曲を弾かせてください。この曲が彼女へのプロポーズの合図になっており彼女は、そのことに気づくはずです。よろしくお願いします。――

読み終わったフロントマンは好意的な笑みを浮かべ母国語で何かを話すと、フロントの奥に引っ込んだ。その動作から――ちょっとお待ちを――くらいのイタリア語だと卓巳は推し量った。上司に相談しているのだろう。

フロントマンが戻ってきた。その顔には、先程の笑みが少しだけ拡がっていた。

フロントマンは卓巳を手招いた。誘われるままに彼は従った。階段を何階か降りた。そこはピアノを中央にして周りに何卓かテーブルが据えられていた。

指はピアノの鍵盤を滑りながらも卓巳の意識は加南子のテーブルに集中した。加南子からはピアノが死角になって卓巳が見えない。曲目がクラシックからジャズナンバーに変わった。空気が微妙に揺らいだ。

――クレオパトラの夢――

ジャズの中で加南子が一番好きな曲だった。マイナー調の階音が織り込まれたさざなみが、波紋のように広がった。その中に微かな足音が忍び込んできた。その近づく人の息遣いさえ聞こえてきた。

――卓巳なの？

何時間ぶりかの日本語だった。

今、加南子の顔が卓巳のすぐ目の前にあった。加南子の部屋のテラスのテーブルで二人は向き合っていた。

「何か呑む？」

「いや、遠慮しとくよ」

「それよりも、さっきのピアノはプロポーズのやり直しのつもりなの？」

「まあ……そんなところだ……」

「学校はどうしたの？」

「一週間の有給休暇をとってきた。時差があるから明後日の午後の便で帰らないと……」

「ばかね……」

加南子は立ち上がると卓巳に背を向けてエーゲ海を見下ろしていた。その肩越しに、暗色の海にさらに一筋、流れるような水脈が見てとれた。

加南子は卓巳に向き直った。その眼は微かに潤んでいるようにも見えた。

「お父さんたちのプロポーズの話を聞いたのね……」

「君からの絵葉書をお父さんに見せたら、二人のエピソードを話してくれたよ……」

二人は東京で知り合った。お父さんは東京出身で、お母さんは東北の仙台の生まれ。

二人は都内の別々の大学で、お父さんはジャズ愛好会、お母さんは軽音楽部のハーモニカ担当。この二つのサークルが合同コンパをすることになった。お酒が入り、話に興が乗り、女の人にプロポーズすることがあれば、その女の好きな曲を唄って伝える、という話になった。

それから二人は付き合い始めた。そして、お母さんが当時住んでいた女子寮の庭に忍び込み、ハーモニカでお母さんの好きな——四季の歌——を奏でたのだ。

「ところで、お母さんは、プロポーズの返事に何をしたか、それまでお父さんは話したの？」

卓巳はそのことを聞きそびれていた。

「聞かなかったのね！　ヒントをあげるわ。お母さんは承諾の意味をこめて自分の好きな華を贈ったのよ。白い華。白い華よ」

加南子の顔から淀みが流れ、ほころんだ。

「ねぇ、今日はここで呑み明かしましょう……イタリアンワインでいいわね……」

卓巳に答える間も与えず加南子は準備のためか部屋へ戻って行った。

――やれやれ、いつも加南子には振り回される。

卓巳は空を見上げた。蒼い星が息づくように明滅していた。


加南子からの呼び出しは四月の最初の日曜日で、場所は仙台の《野草園》だった。卓巳は時計を見た。待ち合わせの時間は指定されたものの、場所は特定されていなかった。盛りのツバキの朱色が風に誘われて揺らめいた。遊歩道の小径を宛てもなく進む。この《野草園》のどこかに加南子がいるはずだった。卓巳は少し不安になった。

――これがプロポーズの答えなのか？

承諾のサインなら白い華のはずだった。風が卓巳の頬をなで、白い欠片が何辺か雪のように舞っていた。それを一つ手に受けた。

風上のほうに眼を向けた。透明な光を背に一つの影が佇んでいた。一瞬に陽が翳り、その影が加南子であることを認めた。

——加南子？　白い華？——

——プロポーズの返事に白い華を贈ったのよ——

加南子の声が耳で響いた。

卓巳はその花弁を掬い取った。ツバキの——鴇の羽重——だった。

——私の好きな華はツバキ——

付き合い始めた頃、加南子がそんなことを口にしたことを卓巳は思い出した。

卓巳は鴇となって加南子の前に飛び立ちたい衝動をかろうじて抑えた。そして風上の加南子に向かって一歩踏み出した。

起こしてくれる人

原　邦之

「父さん、なんで母さんと結婚したの？」

バーカウンターで、思わず飲んでいたワインを噴き出した。

「汚いなあ」

「お前が変な事言うからや」

隣に座る息子を見た。彼は金色に光るハイボールのグラスに目線を落とし、黙ってしまった。

ほんの十年前までの、東京へ向かう前の彼なら、ここから鼻水をズルズルすすり、シクシク涙を流していたものだが、今は彼もスーツが似合う立派な社会人だ。僕の知らない所で色々あったのだろう。

ここで強引に聞き出そうとしても、彼は絶対答えない。それは父親の僕が一番よくわかっている。

それでも聞きたくなるのが父親の性だ。

ぐいと赤ワインを飲み干して、バーテンダーに同じのを注文し、どうしたものかと思案していると、背後のステージから、へその奥までくすぐるような、ボン、ボンというコントラバスの音が聴こえて来た。

「おっ、やっと俺のリクエスト来た」

「なんていう曲？」

「知らないの？『スタンドバイミー』じゃん。有名な映画の曲だよ」

「知らん。映画見んし」

だが不思議な曲だ。聴いていると、古い記憶が鮮やかに思い出されてくる。

僕は生演奏をＢＧＭに、息子の質問の答えを考えることにした。


「身体だけが目的だったんでしょ」

今から三十年ほど前、大学時代の夏の夕方だった。僕は新聞配達のアルバイトで、汗だくになってアパートに帰って来ると、ちゃぶ台の上に置手紙があった。

僕は慌てて置手紙の作者に電話をかけたが、

「電波の届かない所にいるか、電源が入っていないため、繋がりません」

と、繰り返されるだけ。

じれったくなって、汗まみれの服も着替えずに外へ飛び出した。

彼女は電車で二駅隣の実家住まい。僕のアパートから駅までは、バスで5分。坂道が多いからいつも彼女はバスを使う。

待たされているはず、と百メートル弱くらい先のバス停に向かって走ったら、車道に出る四つ角の出会い頭で、おじいさんに肩がぶつかって吹っ飛ばしてしまった。

「ごめんなさい！」

僕が振り返ると、おじいさんは直立不動で受け身も取らず倒れ、ロウソクのように胴体や首がひび割れ、頭がボウリングの球のように転がった。

腰を抜かして尻もちをついた僕の影法師がアスファルトに映る。火傷しそうなくらいヒリヒリする地べたから周りを見ると、道行く人々が微動だにしない。

立ち上がってよく見ると、皆マネキン人形のようになっていた。どこを触っても、何をたずねても、誰も何も反応しない。

「まゆみ！　まゆみ！」

怖くなって、何度も彼女の名前を叫びながら、バス停へ駆けたが、こだま一つ返らない。

そして、変わり果てた彼女を見つけた。

「まゆみ！　まゆみ！」

何度も名前を叫んだが、彼女はまばたき一つせず、視線は虚空を漂っていた。両肩を持ち揺さぶったが、彼女の白い肌からは、彼女が持っていたはずの温かさを全く感じることができない。それどころか、彼女をあらぬ方向へ倒しそうになった。さっき僕が殺してしまったおじいさんのことが脳裏に浮かび、彼女の身体を全身で支えた。

「身体だけが目的だったんでしょ」

置手紙の文面が僕の脳裏に浮かんだ。

僕は彼女をギュッと抱きしめた。僕の体温を移せば、彼女が元に戻るんじゃないかと願った。そしてキスをした。だが、彼女が白雪姫でないように、僕は王子ではない。頬を伝う涙の筋は、徐々にその幅を広げてゆく。僕は為す術もなく、その場に膝をつき、崩れ落ちた。その時だった。

「こんな所で寝たら風邪ひくよ！　ねえっ！」

そんな天の声で、僕は目覚めた。

カシャカシャとコンビニのポリ袋がこすれる音がした。蛍光灯の光とポリ袋の白さが、やけに目に刺さった。

「いくつ飲んだの？　まったくもう！」

目の前の彼女は、ちゃぶ台や床の周りに転がるビールの空き缶を片づけていた。

僕の服は、まだ配達の時のグレーのジャージのままだった。どうやら僕は配達から帰って来た後、ビールを飲みながら、ちゃぶ台のそばで眠ってしまったらしい。

ガラス窓の外はもう暗くなっていた。

「ねえ、眼、真っ赤よ。どうしたの？」

彼女が急に顔を近づけてきた。僕はこみあげる物を抑えられなくて、彼女に抱きついた。そして、大声で泣いた。

「ち、ちょっと！　うわ、酒臭っ！」

抱きしめた彼女から温もりを感じることが、何よりも嬉しくて、僕は泣き止むことができなかった。

空き缶の入ったポリ袋が地面に落ち、ちょっと耳障りな金属音がした。

「大きな赤ちゃんでちゅね〜。よしよし」

彼女はそれから何も言わず、僕が泣き止むまで、ずっと背中をさすってくれた。

「起こしてくれたから」

生演奏が終わると、息子の質問にそう答えた。息子はクスクス笑いながら、ハイボールのグラスを一気に飲み干すと、僕のワインを持ってきたバーテンダーに「同じのを」と注文した。

「俺にも起こしてくれる人、できるかな?」

「それは、お前次第やろ」

「突き放すのかよ。冷たいなあ」

「お前、勘違いするなよ」

「え? 何が?」

僕はワインをゴクンと飲んだ。

「起こしてくれる人を見つけたいんやったら、寝とったらあかんのやぞ」

「はあ?」

意外と名言だと思ったのに。グラスに映った僕のドヤ顔は息子に大笑いされてしまった。

勝手に残念がっていたら、かすかにウーンという音が聞こえてきた。

息子がチノパンの後ろポケットからスマホを出し、カウンターの上に置いた。

「おっ、うわさをすれば何とやら」

画面に表示された「スピーカー」のアイコンを息子が押した。あの時の天の声の主が、

「今どこ?」

と、たずねて来た。

ラストラブレター

今井　みき

あの時、丈(たけ)さんのその手を離さなかったら私はどんな人生だったのかな？

誰が言ったんだろう。一番目に好きな人より、二番目に好きな人と結婚した方が幸せになれるなんて……

ねぇ、丈さん、私の母に手紙出してたんだね。読ませてもらったよ。娘さんを幸せに出来なくてごめんなさい……って。

友達からも聞いたよ、しっかりと計画を立てていたんだね。交際10年目にプロポーズをするって。結婚したあとに知ったこと。

私、やっぱりダメだった。気持ちが夫にいかなくて、自分の気持ちにウソがつけなくなった。子供まで授かっておいて、私、離婚したんだ。子供にも夫にも悪いことをしてしまった。子供を連れ実家のある町に戻ってしまった。誰を好きになることもなく母として生き、息子は大人になり、今は東京で一人暮らしをしている。私は、ひとりアパートで、孤独と貧困とおつきあいしながら、暮らしています。

最近私ね、仕事、クビになったの。

借金もあって、支払いもあるのにこれからどうしよう……いっそのこと死のうかな？

なんて。夜にね、断捨離してたんだ。

そんな時、丈さんの手紙と写真が出てきた。

実は数年前に母が私の所へ来て、実家にあった丈さんの手紙と写真、持ってきてくれたんだ。母は丈さんのこと気に入っていたから、別の男性と結婚したことすごく反対していたの。

私が15才、丈さん16才。

学校は別だけど、音楽という共通のつながりで知り合い、つきあいはじめた。

二人がつき合いはじめたのは、バレンタインデーの次の日。あの頃は、ケータイなんてないから、電話ボックスからの告白だったね。

今ね、丈さんと遠距離恋愛時代の手紙を読んでたんだ、私が高校3年生、丈さんは一学年上だった。丈さんは高校卒業後、進学のため横浜へ行ってしまった、千葉の田舎から横浜へは電車だと3時間かかってしまう、丈さんは新聞配達をしながら専門学校に通っていて、忙しいのにマメに手紙をくれた。

私も出したよ。沢山、沢山。

あの頃は、電話回線引くのも高くて、それでも丈さんは仕事がんばってくれて電話が出来るようにしてくれたんだよね。でも電話料金もばかにならなくて、もっぱら手紙が2人の必須のツール。

なんだろう。涙が……

最近、涙なんて流すことなんかなかったのに……。今、丈さんの手紙を読みつつ文章も書きつつ。泣きながら書いていると字も書き方もおかしくなるね。

この原稿は、もう届かないけど丈さんへ、私からの最後のラストラブレターのつもりで書きました。丈さんの手紙、何度も読み返しています。

冬に書いた物かな？

「今度お前が横浜にきたら、たまご酒、作ってやるよ。おいら、たまご酒には中学校の頃から自信があるんだ。かぜひくなよ」

夏の手紙、「窓から外をボーっと、ひたすらボーっと。会いたくてしょうがない、暗くなってしまうよ」

横浜でのデートが叶うと丈さんから幸せをいっぱいもらった、電車で片道3時間かけて丈さんと待ち合わせ、私が迷子にならないようにとわかりやすい待ち合わせ場所を選んでくれた。デパートの中の一階フロア、トイレ前とか、丈さんのアパートは寮みたいなものだからバレないように泊るのも苦労したな。

1年後、私もあとを追うように進学して上京。でもそこからだった。人生は上手くいかないものだよね。丈さんには言えないことだらけの日々でした。丈さんとの横浜でのデート、私が19才になる前の冬のこと、元町にある老舗の宝石店で、銀の指輪をプレゼントしてくれた。19才にもらうシルバーリングのジンクスの意味を知った。でも私はつらくて、つらくて……

実は上京はしたものの、実家の経済的な理由で学校を辞めることになり学生寮にもいられなくなり、東京でひとり、私はどうしたらいいんだろう、そのことを丈さんに相談できずにいた。私はその後、堕ちるとこまで、堕ちていった。丈さんを好きでいることができなくなった。仕事も住んでいる場所さえ言えずにいた。私といてはダメ‼

別れなきゃ……。そう思い、丈さんにキツイ言葉、別れ話を何度もなげかけた。

そして別れたり、くっついたりの繰り返し。

結果、別れてしまった。

私、今、丈さんに会いたい、いい歳を過ぎた、オバサンになってしまったけど、伝えたいこと、謝らないといけないことが沢山ある。

そして丈さん、大変だったね、と言ってあげたい。テレビのニュースで丈さんのお兄さんが亡くなってしまったことを知った時、何とも言えない気持ちになってね、声をかけてあげたい。そんな気持ちがいっぱいで。

丈さんの家族は町を離れたんだね。私は丈さんの実家のある町で暮らしています。

やっぱりこの町は生きづらい町です。

それ以上のことは言いませんが……。

丈さん、ごめんね、ごめんなさい。

私これからちゃんと生きていけるのかな？

正直わからない。この原稿に託した。けど、だからと言って、何もしないでいることよりも、ひとりでも私の心を知ってほしかった。だからこの場所に気持ちを託しました。

私は今でも丈さんが好きです。でも今更なんです。丈さん、しあわせいっぱいありがとう、本当にありがとう。

自分の人生を生きる

ひまわりママ

いつの頃からだろう、あなたが私の心の中に住み着いたのは。何気なくかわす言葉、ちょっとした行動、優し過ぎる、その優しさが一つ一つ私の中にインプットされて溢れ出したとき初めて感じた、あなたへの思いが今までと違うことを。沢山の人の中からあなたの姿を探し出してる。色んな声の中からあなたの声だけを聴いてる。一緒にいると楽、素のままの私で居られる。どうか私の気持ちに気付いて……あの手この手で気を引こうとしたけど、全然違う、いつも「お疲れ様です」と帰って行く。「ちょっと待って」と心の中で叫んでる。それからほどなくして、あなたにお付き合いしている人がいると聞き、結婚という言葉も聞かれ始めた頃、私の方にも、周りから結婚しろコールが荒れ狂っていた。結婚するからには気持ちの整理をしようと行動を起こした。あなたの自宅へ電話、今のように携帯が無いので緊張で手が震えた。案の定あなたはお留守。だってその日はクリスマスイブ、彼女とデート真っ只中に決まってる。

次の日あなたからの電話にホッとして、会って話したいことがあると告げた。約束の日あなたはいつものように車で迎えに来てくれた。普通にドライブ、他愛のない話。このまま一生隣にいてほしいと思う瞬間。でも思いを話さないと。

「いよいよ私も結婚を決めようとしたとき、いつもいつもあなたが出てくる。あなたは今の彼女と結婚するんですか？　自分の気持ちをあなたにきちんと伝えたくて、そうしないと前に進めないから」

自分の気持ちを自分から話した、こんな経験初めて。しばしの沈黙の後「で、これからどうするん？」とあなた。「結婚するよ」と私。涙でぐちゃぐちゃの顔で窓の外を見つめる。心を落ち着かせやっと絞り出した言葉「そろそろ帰ろうか」いつものように私の家の前まで送ってもらい車を降りた。

次の日職場で何事もなかったように二人とも振る舞った。ただ私自身の中では、全てを話して、私の想いは知ってもらっていると、ある種の親密感がうまれていた。

私は昨日の事で気持ちを切り替えて、これからは前向きに自分の人生を生きていこうと決意を新たにした。あなたは違った。私の告白からあなたはスイッチが入ってしまった。あれから私の事が気になって、昨夜も一晩中私のことを考えて一睡もしていないという。彼女との結婚も考えられない。私はそのことを聞いて心が乱れた。もしかしたら、あなたと一緒になれるかも？　せっかく決意した心はグラグラと揺れた。

「え～今さら何言うの、あなたが結婚を決めたと言ったから、私も決めたのに、今さら言うなんて遅すぎる」

「私はもう後には引けないから、取り敢えず結婚はするよ」

「僕も今さら止めるわけにはいかないよな」

「二人とも結婚はして、その後別れて一緒になろう」

どちらからともなく言っていた。だって一緒にいて楽なのはあなた、こう言ったらこう答えてくれる、同じものを見て笑える。あなたと共に人生を歩みたかった。

でも全てを決断した後だった。その全てを覆す勇気はなかった。あなたにも、私にも。

こうして、あなたも私も別々の人と結ばれた。

セカンド・バレンタイン

赤池　きよし

小学校に入ると新しい友達が何人かできた。低学年の時のあだ名は基本的に苗字の最初の二文字と決まっていて、よく遊んだ「あら」や「ここ」もみんなそうだったし、例に漏れずぼくもそうだった。そんな低学年時代、同じクラスに「ひびきちゃん」という女の子がいた。髪が長くてえくぼが似合うかわいいこだ。当時は乳歯が抜けていて笑うと前歯が一本なかったが、それもチャーミングでかわいかった。ひびきちゃんとは当時すごく仲が良く、いつも「アルプス一万尺」を一緒にやっていた。ぼくはひびきちゃんのことが好きだったようだ。ちなみにこの遊び、ボディタッチが必然で、タイミングを合わせるには意思の疎通が求められる。好きな子とするにはもってこいの遊びだ。もちろん当時はそんな策略的なことは考えていない。ただ、無意識にそれらをやっていたのかもしれないと思うと、小学生もあなどれない。ぼくはかれこれ一年間ほどひびきちゃんが好きだった。小学二年生も終わろうとしている二月、重大なことが起こる。なんとひびきちゃんがバレンタインデーにチョコをくれたのだ。これはもう飛びあがって喜んだ。そして一ヶ月後、ホワイトデーはすぐにきた。ぼくはここで一大決心をする。キャンディと一緒に自分の思いをつづった手紙も添えたのだ。内容はストレートに「ひびきちゃんのことがずっと好きでした」だ。とにかく自分の思いを伝えたかったのだ。その後、ひびきちゃんはぼくの手紙に返事をくれた。リビングで一人、手紙を開いたのを覚えている。そして、そこにはこう書かれていた。

「この前は手紙ありがとう。わたしも好きだよ」

ぼくの肩甲骨からはバッと勢いよく羽根が生え、いまにも羽ばたきそうな気分だった。しかし手紙はこう続く。

「でもね、二番目に好きなの。一番好きなのは『あら』くんなんだ。ごめんね」

ぼくはこの文を読んで固まった。さっき生えたばかりの羽根が根本からぽっきり折れた。ショックというより「?」がぼくの頭を埋め尽くす。

「二番目ってなんだ?」意味がわからなかった。さらに手紙はこう続き、トドメを刺されることになる。「好きな人ランキング」という見出しで一位から五位まで、同じクラスの知った名前が記されている。ぼくの名前は上から二番目にあった。いちおう、表彰台にはのぼることはできたようだ。それにしてもそんな考え方があったのか。ぼくはふと自分だったらどんなランキングになるか、真っ白になった頭を必死にまわして、考えた。一番から五番、あれ、おかしいな。六番から十番までいって、ぼくは考えるのをやめた。そしてリビングで泣いた。ランキングなんてやっぱりおかしい。何番目になっても、頭に思い浮かぶのはひびきちゃんだったからだ。こうしてぼくの初恋は終わった。リビングに射す夕陽が励ますようにぼくを照らしていた。

二〇二〇年二月十四日。

今日の打合せはうまくいけばそこまで時間のかかる内容ではない。ぼくは打合せのメモに目を通しながら考えていた。ここ数日、凍えるような日々が続いていたが今日は比較的暖かく、日差しも出ている。とはいえ気温は十度を下回っているので、油断はできない。ぼくはコートのファスナーを目一杯上にあげた。商店街のいくつもの店先に「バレンタインデー特売」と書かれたのぼりが立てられていた。そうか、今日はバレンタインか。そんなことを思いながら腕時計を確認する。打合せの時間まですこしある。近くの喫茶店で温まって行こう、そう思った時、胸ポケットの携帯が震えた。ディスプレイを確認すると妻からだった。

「仕事なのにごめんね。今日は夜ご飯家で食べられそう？」

「うん、大丈夫だと思うよ」

「わかった、じゃあ準備しておくね。帰りの時間わかったら連絡ちょうだい」

「ありがとう、了解」

電話を切ると、ふぅ、と息を吐いた。白い息は何かを言いたそうに空へ消えていく。ちょっと疲れてるかな、そんなことを思いながら喫茶店へと向かった。


「ありがとうございました」

ぼくは会釈をして足早に帰路についた。思ったより打合せが長引いてしまった。まさか重役まで連れてくるとは。電車の時刻を確認しようと携帯を開くと「新規メッセージ」が一件届いていた。妻からだ。

そこには「お疲れさま。何時ごろになりそう?」とだけあった。約一時間前か。

ぼくは「遅くなってごめん。今終わったから、あと一時間ちょっとで帰れると思う」と返信し、駅へ急いだ。車内は多くの人でひしめいていた。ぼくと同様スーツ姿もいれば、子どもを連れた家族もいる。暖房のきいた車内はどこか息苦しく、多くの人が酸素を求めて口をパクパクする鯉のように顔を上に向けていた。大学を卒業してからがむしゃらに働いてきた。おかげで同年代の中では給料をもらっている方だと思う。ただ、友人からの誘いも仕事を理由に断ることが多くなり、最近では誘われることもめっきり減ってしまった。窓ガラスに映るなんとも言えない表情の自分を見て、ぼくは目をつむる。電車同士が猛スピードですれ違い、ガタガタと窓を揺らしていた。

「ただいま」ぼくは玄関を開けながら廊下の先にあるリビングに向かって言った。腰をおろし靴紐を解いていると背中越しにリビングのドアが開いた。「パパーおやえりー」という声とともにぼくの天使が現れる。二歳になる娘だ。ぼくは娘を自分の目線まで抱き上げてから抱きしめた。不思議なほど疲れが吹き飛ぶ瞬間だ。娘を抱いたままリビングに入ると妻が夕食の準備をしてくれていた。

「おかえりなさい」

「ただいま。遅くなってごめんね」

「ううん、その子パパが帰ってくるまで寝ないって聞かなくて」

「そうだったんだ」娘はキャッキャと笑っている。

寝室でスーツから部屋着に着替える。くたびれたスーツを脱ぐと少しは肩の荷が下りたようだった。リビングに戻ると娘が何かを差し出した。

「はいパパ。これ、あげゆ」娘は一生懸命手を伸ばしている。

「ありがとう。これなあに」

「バエンタインデーよ」そうか、とぼくは商店街の光景を思い出した。

「わーありがとう。開けてもいい？」娘は質問の意味がよくわからなかったのか、キッチンにいる妻を見た。妻は微笑みながら頷く。

「いーよ」娘も微笑みながら言った。キラキラしたピンク色のリボンを解いて包装紙をとくとチョコレートの箱と小さな手紙がしたためてあった。

「お手紙も書いてくれたの？」

「うん」娘は少しはにかんでいる。

手紙を開き、その内容にぼくは思わず笑ってしまった。

「お手紙ありがとう。でもパパは二位なの？」

「えへへ。でもね、でもね、パパもママも同じくらいだいすきよ」娘はとびきりの笑顔で答えてくれた。

「ありがとう。パパも大好きだよ」ぼくは娘を抱き上げた。

「パパはずっと二番だなー」ぼくは呟きながら妻の方を見る。妻はフフッと微笑みながらご飯をよそっていた。

月曜日のハピネス

松本　エムザ

週末の土曜日。美容院で髪をセットし、レンタルドレスで着飾る私。高級外車で迎えに来てくれる殿方がいるわけでもなく、ひとり電車で揺られている。今日は同期の朝美の結婚式。朝美は寿退社が決まっており、友の門出を祝いたい気持ちと取り残されるような寂しさで、私の心中はせめぎあっていた。

ふと、ドア付近にいた見目爽やかな青年と目が合った。『出逢いはいつでも突然よ』朝美の言葉を思い出す。「生涯独身でいい」「いっそ悟りを開きたい」と出掛けた『写経教室』で出会った殿方とあっという間に恋に落ち、ゴールインまでこぎ着けた朝美。ならば私にも劇的な出逢いがと、期待を込めて爽やか君に視線を送る。が、よく見れば、小柄で愛らしい女子が爽やか君と目と目を合わせ微笑んでいる。イイ男、大抵誰かのものなのよ。

思わず一句詠みたくなる。

駅に停まりドアが開き、乗客がドヤドヤと乗り込んできた。両側からぎゅうぎゅうと押されるが、吊革を掴んでなんとか耐える。こんな状況下、爽やか君カポーはどうしているのかと盗み見ると、扉脇のコーナーに彼女を立たせた爽やか君は、両腕で彼女を囲うようにして壁に手をつき、適度な空間を保ちつつ、押し寄せる人々から彼女を護っている。正に、芸術的『壁ドン』。俺様系の威圧的な壁ドンとは違い、さりげなく男子の力をアピールしつつ、絶妙な距離感を保つ爽やか君。見れば、彼女との身長差約15センチも（推定）、壁ドンにおける最高の比率ではないか。幽体離脱できるなら、彼女の身体に入り込み、爽やか君を見上げたい。そんな虚しい願いを抱きつつ、私は吊革を掴んだ二の腕をプルプルさせて仁王立ちしながら、（こうやって、ますます強くなっていくのよね）と、本日最大のため息をついた。

「真理さん！　こっちです！」

式が終わり、披露宴会場で手を振り私を呼んでいるのは、濱田亮（りょう）、通称『八の字』だ。八の字は、入社時から私と朝美が新人指導してきた後輩社員である。困難に直面すると、眉を八の字にして私達に泣きついてくるので、そう命名した。呼ばれるままに八の字の隣に腰を下ろし、朝美がピンポイントで私に投げてくれたブーケを手にしていると、

「真理さんも結婚のご予定があるんですか？」

八の字が、八の字眉で尋ねてきた。

「何よ、私まで追い出そうってワケ？　どーせ『うるさい女どもの一人がいなくなってラッキー』とか思ってんでしょ？」

「そ、そんな事ないですよっ！」

「あんた達が陰で私達の事、『風神・雷神』って呼んでんの知ってんだからね？」

「そ、それは、畏怖と尊敬の念を込めて」

素直に白状してしまう八の字は、憎めない奴ではある。

「残念ながら、そのような予定も相手もおりません」

飾る必要もないかと、事実を伝えると、

「マジすかっ⁉」

何故だかやけに嬉しそうな八の字だった。

「真理さん、二次会行かないんですか？」

披露宴も無事に終わり、新郎新婦に挨拶をして帰ろうとしていた私に、八の字が声を掛けてきた。

「うーん、会場『クラブ』でしょ？　苦手なんだよね」

「俺、荷物持ちしますから、ちょっとだけ行きましょうよ。ね？」

決して優しくない先輩である私に、なついてくる八の字が憎めず、ほんの少しだけと、二次会会場へ向かった。

が、いざクラブに到着すると、あれだけはしゃいでいた八の字がやけに大人しい。

「八の字、踊ってくれれば？」

「……いや、真理さんは？」

「百万もらってもイヤ」

「……じゃあ、俺もここで飲んでます」

「大丈夫？　もしかして酔った？」

顔を覗き込むと、八の字がはっと息を飲み、暗がりでも分かるほど赤くなって視線を外した。予想外の反応に驚いた。記憶の中から、八の字の反応の意味をあれこれ探り出してみる。披露宴での八の字の様子を思い出す。私のドレス姿を誉めた八の字。フリーだと伝えた時にやけに嬉しそうだった八の字。いやいやこんな風に妄想を暴走させて、思い通りにいった試しなんてない。ひとまず落ちつこうと、私はグラスを空け、

「ドリンク取って来るわ」

と、その場を離れようとしたそのとき、歓声をあげた若者の一団が、こちらへ向かって突進してきた。周りが見えていない様子の彼等が、私にぶつかりそうになった瞬間、

「危ないっ！」

腕を引かれ、誰かが私を囲うように壁際へ導き、彼等から守ってくれた。

「大丈夫ですか？」

私を心配そうに見下ろしているのは、八の字だった。いや、今の八の字の眉はきりりと引き締まり、Vの字を描いている。

「八の字、身長何センチよ？」

「１７７ですけど」

ジャスト＋15センチっ！　突然訪れた『黄金比率の芸術的壁ドン』状況に、酔いとは違う頬の火照りを感じる。

「真理さんの顔が赤いのは、俺を男として見てくれてるって、自惚れてもいいですか？」

熱のこもった口調に驚き、八の字を見上げると、真剣な瞳が私を見つめている。

「……でも」

八の字は、ゆっくりと壁から両手を離し、私を解放した。

「今俺の気持ちを伝えて、『酔った勢い』だなんて思われたくないんで、続きは月曜日にさせて下さい」

決意を込めた声で告げられ、言葉が返せなかった。

「送ります」

タクシーに乗せられ、走り去る車の後部座席から振り返ると、八の字がいつまでも見送る姿が見えた。

自宅に戻り、ぼんやりとした気分で残りの週末を過ごした。八の字は酔っていたんだ。

月曜になったら、全くいつも通りの八の字眉で接してくるに違いない。そう思いながらも、果たしてどんな月曜日が来るのかと、週明けが待ち遠しかった。

　結局いつものように仕事に追われ、迎えた月曜日は慌ただしく過ぎていく。そんな中、お昼休みに一本の電話がかかってきた。

『真理？』

「朝美？　どうしたの？　今日からハネムーンのはずでしょ？」

『うん、もうすぐフライト。その前に残務整理しときたくって』

　朝美の仕事は、既に完璧に振り分けられている。何の事かと首を捻れば
『八の字、ちゃんと真理に告白した？　アイツ、最後の押しがいつも甘いから心配でさ』

　間もなく搭乗だと言う朝美は、手短に話してくれた。披露宴で、八の字から私の席の隣にしてくれと頼まれた事。随分前から、私の事が気になっていると相談された事。それでも自分でちゃんと告白したい、と言う八の字の意思を尊重してやった事。

『アイツが真面目で誠実な男だってのは、誰より私達が知っているもんね。前向きに考えてあげなよ』

　通話を終えた直後、背後から名前を呼ばれた。

「真理さん」

　振り返らなくても分かる。八の字だ。いや、きっと今は八の字ではなく、凛とした眉で

そこに立っているのだろう。

「土曜日の話の続き、させて下さい」

もう、『八の字』なんて呼べないな。大きく深呼吸をしてから、私は『彼』に振り返った。

聴いて、マイ ラブストーリー

2020年９月25日　初版第１刷発行

編　者　「聴いて、マイ ラブストーリー」発刊委員会
発行者　瓜谷 綱延
発行所　株式会社文芸社
〒160-0022 東京都新宿区新宿1－10－1
電話 03-5369-3060（代表）
03-5369-2299（販売）

印刷所　株式会社晃陽社

ISBN978-4-286-21895-3